# 二ノ丸くんが調査中

## 黒目だけの子ども

石川宏千花 作
うぐいす祥子 絵

偕成社

もくじ

おたけさんのねがい　7

透《とう》明《めい》人《にん》間《げん》の名《な》札《ふだ》　59

黒目だけの子ども　99

まぼろしのプラネタリウム　141

装丁　中嶋香織

# おたけさんのねがい

小泉今日太《こいずみきょうた》には、二ノ丸《にのまる》くんというちょっと変《か》わった友だちがいる。

ほかのみんなは今日太のことを、きょん太《た》、と呼《よ》ぶのがふつうなのに、二ノ丸くんだけはかたくなに、小泉くん、と呼びつづけている。そんなところからして、二ノ丸くんは変わっているなあ、と今日太は思うのだ。

いつもきちんと背《せ》すじをのばして、まじめに授業《じゅぎょう》を受《う》けているのだけど、今日太は二ノ丸くんのことを、ほかのみんなのように、ただの優等生《ゆうとうせい》とは思っていない。

なんといっても二ノ丸くんは、リアクションの天才《てんさい》だ。

なんでそこ？　というところで、ひんやりと怒《おこ》りだしたり、いまのなにがおかしかったの？　というところで、こっそり笑《わら》いをかみ殺《ころ》したりする。

今日太はそれが、おもしろくてしょうがない。ほとんど病《や》みつきになっている。

だから、いくら二ノ丸くんにうっとうしがられても、つい話しかけてしまう。

二ノ丸くんとはとなり同士《どうし》の席《せき》なので、いつでも話しかけられて、とっても便利《べんり》だ。

「ねえねえ、二ノ丸くん」

さっそくいつものように、話しかけてみた。二ノ丸《にのまる》くんからの返事《へんじ》はない。まっ黒な長い前髪《まえがみ》で目もとに小さな影《かげ》をつくりながら、机《つくえ》の上にひらいた本に目をおとしたままだ。

「ねえってばー」

二ノ丸くんの返事の代《か》わりに、頭の上から、「きょーんーたー」というゾンビのような声がきこえてきた。

「いまはなんの時間や？　うん？」

おそるおそる顔をあげると、めいっぱい怒《おこ》ってますよアピールをしている、担任《たんにん》のほなちゃん先生と目があった。

「いまはー、朝読《あさどく》の時間です」

それで二ノ丸くんは返事をしなかったのだ。

ほなちゃん先生は、おう、そや、といいながら、こっくりとうなずいている。

「わかっとるやないか。わかっとんなら、なんでおまえは本を読まんと、二ノ丸にちょっかい出しとんねん」

「読んでたんだけど、わからない漢字が出てきたから、二ノ丸《にのまる》くんにきこうと思ったんだってば」

「ほう。ほな、せんせーが教えたる。どれや」

しまった、と思う。本当《ほんとう》は、わからない漢字が出てきたから二ノ丸くんに話しかけたわけではなかった。

今日太《きょうた》がきょうの朝読《あさどく》の本に選《えら》んだ『世《よ》にも奇妙《きみょう》な深海魚《しんかいぎょ》の世界《せかい》』のなかに、この世のものとは思えないすがたをした深海魚の写真があったので、それを二ノ丸くんにも見せたかっただけなのだ。

「えーっ……と」

こまった今日太は、ひらいていたページの、適当《てきとう》なところを指さしてみせた。

「これ、かな」

「かなってなんや、かなって。どれ、見せてみい」

こてこての関西弁《かんさいべん》と、いつでもジャージがトレードマークのほなちゃん先生が、今日太の手もとをのぞきこんできた。

「……きょん太《た》」

「なに？」

「おまえ、五年生にもなって、こんな漢字も読めんのか？」

適当《てきとう》に指さしたところを、あらためて見てみた。犬、と書いてある。

【なんだか犬みたいにも見えるね！　お魚なのに】

大きな写真の下にそえられた短い文章《ぶんしょう》のなかの、『犬』の部分《ぶぶん》を、今日太《きょうた》の指はさしていたのだった。

ほなちゃん先生が、大きな声でいう。

「いーぬ！　犬や、これは。わかったか？」

教室中から、どっ、と笑《わら》い声があがった。

きょん太がまたなにかばかなことやって、ほなちゃん先生と漫才《まんざい》やってるよ、の笑い声だった。

笑《わら》っていないのは、となりの席《せき》の二ノ丸《にのまる》くんだけだ。

二ノ丸くんは、冷《ひ》ややかな視線《しせん》をちらりと今日太《きょうた》に向けると、すぐにまた読書にもどっていった。


「たーのしーいことだーけしーてーいーたいー、ぬーらぬーらたーのしーく、なーぞとーいてー」

大声で歌いながら放課後《ほうかご》の廊下《ろうか》を歩いていた今日太に、心の底《そこ》からうんざりしている顔で、二ノ丸くんが注意《ちゅうい》をした。

「ちょっと、さっきからなんなの？　同じ歌ばかり、くりかえし何度《なんど》も何度も」

「あっ、これ？　これはね、《妖怪探偵《ようかいたんてい》ぬらずばひょん》の主題歌《しゅだいか》」

「なんの歌かはどうでもいいんだけど」

「二ノ丸くん、観《み》てない？　ぬらずばひょん。めちゃくちゃおもしろいよ！」

話にならない、というように、首を横にひとふりすると、二ノ丸くんは足をはやめて先にいってしまった。

「わー、ちょっと待《ま》ってよ、二ノ丸《にのまる》くん！」

もちろん、追《お》いかけるに決まっている。そんな今日太《きょうた》に、二ノ丸くんは、ぴたっと足をとめてふりかえった。

「きみ、図書室になにか用事あるの？　ないでしょ？　だったら、ついてこなくていいから」

「図書室に用事はないけど、二ノ丸くんにはあるよ？」

「……なに？」

「いっしょに帰る！」

二ノ丸くんは無言《むごん》で前に向きなおるやいなや、すたすたと歩いていってしまった。

気にせず今日太は追いかける。

「たーのしーいことだーけしーてーいーたいー、ぬーらぬーらたーのしーく、なーぞとーいてー」

お気《き》に入《い》りのアニメ番組の主題歌《しゅだいか》を、乱高下《らんこうげ》する音程《おんてい》で歌いながら。

放課後《ほうかご》の図書室は、ひっそりと静《しず》まりかえっていた。

人がいないわけではないのだけど、みんながみんな、おとなしく本を読んだり、選《えら》んだりしている。きこえてくるのは、校庭でクラブ活動をしている生徒《せいと》たちの窓《まど》ごしの声だけだ。

「返却《へんきゃく》をおねがいします」

二ノ丸《にのまる》くんは受付《うけつけ》カウンターの前に立つと、受付係《うけつけがかり》の生徒に、ぶあつい本をてわたした。

今日太《きょうた》は二ノ丸くんのうしろから、ひょこっと顔だけ出しながらいう。

「また民俗学《みんぞくがく》の本？」

二ノ丸くんがなにかいおうとしたのだけど、それよりも先に、受付係の生徒が口をひらいた。

「『切通町《きりどおしちょう》の歴史《れきし》と伝承《でんしょう》』――そうだね、広い意味では、民俗学《みんぞくがく》の本になるかな」

読書週間
2日

今日太《きょうた》は、はじめてちゃんと受付係《うけつけがかり》の生徒《せいと》の顔を見た。知らない顔の男子だ。どうやら六年生らしい。

黒いふちのメガネをかけていて、なんだか中学生みたいに見える。えりのついたチェックのシャツには、しわひとつない。

しわのないえりつきのシャツなんて、二ノ丸《にのまる》くんみたいだな、と思いながら、今日太は元気よく、「こんにちは！」とあいさつをした。

上級生《じょうきゅうせい》には、大きな声であいさつをする。切《き》り通《どお》し小学校の、〈みんなの約束《やくそく》〉のひとつだ。

「あ、ああ……うん、どうも、こんにちは」

受付係の六年生は、ちょっとびっくりしたような顔をしながらも、ぺこりと頭をさげてくれた。

黒いふちのメガネの奥《おく》で、よく見るとちょっと女子っぽい大きな目が、きょろっと動く。今日太から二ノ丸くんへと、視線《しせん》をうつしたようだった。

二ノ丸くんに向かって、受付係の六年生がいう。

「二ノ丸《にのまる》にも、ちゃんと友だちいたんだ」

あれっ？　と思う。この人いま、二ノ丸って呼《よ》んだぞ、と。

「二ノ丸くんの知りあい？」

今日太《きょうた》がそうたずねると、二ノ丸くんは、「うん、まあ……」とあいまいにうなずいたあと、受付《うけつけ》カウンターの向こうにいる上級生《じょうきゅうせい》に向かって、ちょっと早口気味《はやくちぎみ》にいった。

「彼《かれ》はただのクラスメイトです」

「そうなの？」

「はい」

黒いふちのメガネの奥《おく》の目が、ふたたび、きょろっと動く。目があったので、今日太はほとんど反射的《はんしゃてき》に、自己紹介《じこしょうかい》をした。

「二ノ丸くんと同じクラスの小泉今日太《こいずみきょうた》です！」

「え？　あ、ああ……そう」

今日太は、黒いふちのメガネをかけた六年生を、じいっと見つめて待《ま》った。

はっとしたように、メガネの奥《おく》の目がまたたく。

「あ、オレ？　オレは神谷《かみや》だけど」

「神谷くん！　六年生ですか？」

「うん、そう」

「二ノ丸《にのまる》くんとは、なかよしなんですか？」

「えっ……と、どうだろう。なかよし、ではないんじゃないかな。顔をあわせれば話はするけど」

「へえーっ」

二ノ丸くんがなぜだか急に、今日太《きょうた》の腕《うで》を強く引いた。

「いこう。ぼくの用事はもうすんだから」

「えっ、借《か》りてかないの？」

「きょうはいい。ほら、いっしょに帰るんだろ」

なぜだかあわてているようだ。

今日太の腕を引きながら、足ばやに図書室から出ていこうとしている。そんな二ノ丸くんに向かって、受付カウンターのなかから神谷くんが、「そういえばさ」と声をかけた。

二ノ丸《にのまる》くんの動きがとまる。

「この本の最後《さいご》のほうに、《おたけさんのねがい》っていう都市伝説《としでんせつ》が出てきただろ？新しい形の伝承《でんしょう》っていう項目《こうもく》で」

くる、と二ノ丸くんの顔がうしろを向いた。受付《うけつけ》カウンターのなかにいる神谷《かみや》くんのほうを、じっと見つめている。

「あれと似《に》たやつが、四年生の女子のあいだで再《さい》ブレイク中らしいよ」

「……《はるかぜさんのおねがい》ですね」

「知ってたんだ」

「いちおう」

「いとこがうちの学校の四年生でさ、試《ため》してみたって子がまわりで続出中《ぞくしゅつちゅう》らしい」

二ノ丸くんは神谷くんのほうをじいっと見つめたまま、わざと低《ひく》くしたような声でいった。

「どうしてぼくに、そんな話を？」

「べつに。しいていえば、二ノ丸が好《す》きそうな話だなって思ったから？」

カウンターの向こうの神谷《かみや》くんが、ちょっと意地悪《いじわる》そうに笑《わら》う。

ふたりの関係《かんけい》と、さっきから話している話の内容《ないよう》が、今日太《きょうた》にはさっぱり理解《りかい》できなかった。


つまりね、といって、二ノ丸《にのまる》くんは、ざっくりと話をまとめた。

「ぼくは図書室をよく利用《りよう》しているだろう？　それで、受付《うけつけ》カウンターによくいる彼《かれ》と話すようになっただけ。それ以上《いじょう》でも、それ以下でもない。わかった？」

「ふうん……」

二ノ丸くんがそういうのなら、そうなのだろう。

今日太の興味《きょうみ》は、すでにべつのことにうつってしまっていた。なので、適当《てきとう》にうなずいただけで、さっさと話題《わだい》を変《か》えてしまう。

「それで、おたけさんとはるかぜさんっていうのは？」

二ノ丸くんが、あからさまにいやそうな顔をした。

「……きみって、人の話をきいていないようで、よくきいてるよね」

「なんとなくききおぼえはあるんだよねー。とくに、はるかぜさんのほうは」

「きみが知ってるとしたら、《はるかぜさんのおねがい》のほうだろうね。新しいから」

「うん？　どういう意味？」

《はるかぜさんのおねがい》は、切通町《きりどおしちょう》で昭和《しょうわ》四十年代《ねんだい》にはやった都市伝説《としでんせつ》、《おたけさんのねがい》がもとになっている。出てくる名前や場所なんかが現代風《げんだいふう》にアレンジされているだけで、もともとは古くからある都市伝説のひとつなんだ」

「ふうん？」

二ノ丸《にのまる》くんは、はあ、とおおげさにため息《いき》をついてみせた。

「よくわかってないね？　きみ」

「うん」

「つまりね」

二ノ丸くんとは、帰り道が途中《とちゅう》でわかれてしまう。つぎの交差点《こうさてん》をわたったら、二ノ丸くんは左に、今日太《きょうた》は右に曲《ま》がらなければならない。

二ノ丸《にのまる》くんは、またしてもざっくりと話をまとめてしまった。

「新旧《しんきゅう》のちがいはあるけれど、どちらも同じ話ってこと。《おたけさんのねがい》はむかしはやった都市《とし》伝説《でんせつ》で、《はるかぜさんのおねがい》のほうは、いまどきの都市伝説って考えればいい」

ちょうどぴったり、そこで信号《しんごう》をわたりきってしまった。

「じゃあ、ぼくはこっちだから」

「あっ、ちょっと、二ノ丸くん！　それで、どんな話なの？　ねえ！」

二ノ丸くんは、きこえないふりをしていってしまった。説明《せつめい》するのが面倒《めんどう》だったのだろう。

今日太《きょうた》は、まいっか、と体の向きをいきおいよくかえた。

またあした、学校できけばいいし、と思いながら。

○●○

きょうこそ、注文《ちゅうもん》していたあれが届《とど》いているにちがいない。

野田《のだ》マキコは、いつもいっしょに帰っている友だちとわかれると、走って家に帰った。息をきらしながら、郵便《ゆうびん》ポストのなかをのぞく。

「あった！」

マキコは、大切《たいせつ》な宝物《たからもの》をあつかうような手つきで、郵便ポストのなかから小《こ》ぶりな包《つつ》みをとりだした。

やっときた。これでやっと、試《ため》すことができる。《はるかぜさんのおねがい》を。

切《き》り通《どお》し小学校にかよっている四年生の女子のあいだで、いまいちばん人気《にんき》のある本といえば、まちがいなく、『あしたもいい日』だ。

どのクラスでも大人気で、学校の図書室はもちろん、市の図書館でも、三か月以上《いじょう》の予約待《よやくま》ちになっている。

内容《ないよう》は、難病《なんびょう》におかされた女の子が、それでも明るく十二年の生涯《しょうがい》を生きぬいた実話《じつわ》がもとになっている。かわいらしい表紙《ひょうし》の、児童文学《じどうぶんがく》だ。

お話も、読めばかならず泣《な》いてしまうと評判《ひょうばん》なのだけど、人気の秘密《ひみつ》は、お話の内容とはべつのところにある。

みんなが『あしたもいい日』を読みたがっている理由《りゆう》。

それは、《はるかぜさんのおねがい》という都市伝説《としでんせつ》が、四年生の女子のあいだで急《きゅう》速《そく》に広まったことに関係《かんけい》していた。

最近《さいきん》になって、四年生の女子のあいだで、「あの都市伝説はホンモノらしい」とうわさされるようになったのだ。

「二組のユカリちゃん、《はるかぜさんのおねがい》やってみたら、本当《ほんとう》にメッセージもらえたんだって」

「うそー！　ホントに？」

「ミカちゃんも、成功《せいこう》したらしいよ。鈴木《すずき》くんから手書きのメモ、もらったって」

「わー、ホンモノなんだ、《はるかぜさんのおねがい》って。やらなきゃじゃん！」

――マキコのクラスでも、またたくまに《はるかぜさんのおねがい》は大人気《だいにんき》になった。

なんといっても、《はるかぜさんのおねがい》がかなえてくれるおねがいが、女子の大好《だいす》きなアレなのが大きかった。

女子の大好きなアレ。

好《す》きな人から携帯電話《けいたいでんわ》に届《とど》くメッセージ。手書きのメモ。手紙。電話——。

そう、《はるかぜさんのおねがい》は、好きな人から連絡《れんらく》をもらいたい、というおねがいを、かなえてくれるのだ。

やり方は、簡単《かんたん》。『あしたもいい日』のなかに、行《ぎょう》の頭を横に読んでいくと、『は』『る』『か』『ぜ』『さ』『ん』『の』『お』『ね』『が』『い』となる箇所《かしょ》があるので、その十一行分の文章《ぶんしょう》を声に出して読めばいいだけだ。

そのとき、好きな人の連絡先《れんらくさき》を表示《ひょうじ》させた携帯電話《けいたいでんわ》か、好きな人の連絡先を書いたメモを手のなかにしっかりとにぎっておく。

そうすると、一週間以内《いない》にその好きな人から、メッセージかメモか手紙か電話のどれかがもらえる——というのが、《はるかぜさんのおねがい》だ。

「すごくいい本なんだよ！　病気《びょうき》になった女の子の話。ちゃんとした、まじめな本なの」

そういって、マキコはママにおねだりした。

ふだん、本なんてまったく読まないマキコの急なおねだりに、ママは最初《さいしょ》、ちょっとだけあやしんでいたけれど、パソコンで『あしたもいい日』の内容《ないよう》を確認《かくにん》すると、そのまま注文《ちゅうもん》してくれた。

その『あしたもいい日』が、とうとう届《とど》いたのだ。

「マキコー？　帰ったの？」

リビングのほうから、ママの声がきこえてくる。

マキコは届いたばかりの『あしたもいい日』を胸《むね》の前にかかえて、リビングへといそいだ。

「ママ！　届いたよ、『あしたもいい日』！」

「あら、もうきたの？　早いのねー、いまどきのネット書店の配送《はいそう》って」

「さっそく読みたいから、もうお部屋《へや》にいってもいい？」

「いいけど……そんなに読むのが楽しみだったの？」

「うん！」

楽しみだったなんてものじゃない。夢《ゆめ》にも見たくらい、心待《こころま》ちにしていた。

マキコがいま、どうしてもほしいもの。

それは、大好《だいす》きな安藤《あんどう》くんからのメッセージだった。

安藤くんとは、同じ学習班《がくしゅうはん》になったことがあって、放課後《ほうかご》、どうしても連絡《れんらく》をとらなくちゃいけなくなったときのために、と同じ班の全員《ぜんいん》で、携帯番号《けいたいばんごう》の情報《じょうほう》を交換《こうかん》しあっている。

学習班が解散《かいさん》になっても、当然《とうぜん》のようにマキコは、安藤くんの連絡先は消さなかった。一度だけ、マキコのほうから連絡をしたことがある。返事《へんじ》はなかった。『きょうは日曜日だね。わたしはきょう、家族《かぞく》で動物園にいきます』という、とくに用事のないメッセージだったのが、よくなかったのかもしれない。

それ以来《いらい》、マキコのほうからは連絡をしにくくなってしまっていた。

内容《ないよう》はなんでもいいから、安藤くんのほうから連絡がほしい。

マキコにとって《はるかぜさんのおねがい》は、まるで自分《じぶん》のためにある都市伝説《としでんせつ》のように思えてしょうがなかった。

浮《う》かない顔のマキコに、むかしちょっとだけ仲《なか》がよかったことのあるフミカが話しかけてきた。

最近《さいきん》は、それぞれに仲のいいグループができたので、あまりちゃんと話をすることもなくなっていたのだけど――、

「どうしたの？　休み時間なのに、自分《じぶん》の席《せき》にすわったままなんて。マキコらしくないね」

フミカは、マキコのとなりの席に腰《こし》をおろした。横向きにすわった椅子《いす》を、がたんと動かして、マキコのほうにちょっとよせる。

少しだけなやんだあと、マキコは、「あのね」といって、フミカの耳に顔を近づけた。

うわさの《はるかぜさんのおねがい》をやってみたこと。やってみたのに、一週間がたっても連絡《れんらく》がなかったこと。やり方がまちがっていたのかと思い、もう一度、やりなおしてみたけれど、それでもやっぱり連絡がないまま、きのうで二度目《どめ》の一週間も終《お》わってしまったこと――などを話した。

「あー……そっか、マキコもあれ、やってみたんだ」

「もしかして、フミカもやった？」

「やったやった。ぜんぜんだめだったよ」

「うそ！　じゃあ、《はるかぜさんのおねがい》って、ガセなの？」

「いやー、どうなんだろう。うまくいったっていう子もいるからね。半々《はんはん》くらいみたいだよ？　うまくいった子と、だめだった子」

「なんで、わたしやフミカはだめだったのかな」

「きいた話だと、相性《あいしょう》の問題《もんだい》なんだって」

「相性？」

「相性のいい相手《あいて》だと、《はるかぜさんのおねがい》でもうまくいくんだけど、相性の悪《わる》い相手から連絡《れんらく》をもらいたいときは、もっと強力なやつをやらないとだめなんだって」

「強力なやつってなに？　そんなのがあるの？」

「親戚《しんせき》のおばさんからきいた話なんだけどね、おばさんが子どもだったころにも、《はるかぜさんのおねがい》に似《に》た都市伝説《としでんせつ》があって、効果絶大《こうかぜつだい》だったんだって。それのことなんじゃないかなあ」

「それって、なんていうやつ？」

「なんだっけ、むかし話の題名《だいめい》みたいな……あ、そうだ、《おたけさんのねがい》だ！」

「《おたけさんのねがい》……それって、どうやってやるのかな」

「うーん、そこまではきかなかったけど、たぶん、《はるかぜさんのおねがい》みたいに、なにかの本の一部分《ぶぶん》を読みあげるんじゃない？　『お』『た』『け』『さ』『ん』『の』『ね』『が』『い』みたいに」

「そっかー」

マキコは、わすれないように頭のなかで復唱《ふくしょう》した。

おたけさんのねがい、と。


マキコが放課後《ほうかご》に図書室へやってきたのは、これが二度目《どめ》だった。

一度目は、なかよしグループのみんなといっしょに、『あしたはいい日』が借《か》りられるかどうかをききにきたとき。

ひとりきりで足をふみいれるのは、はじめてだ。

受付《うけつけ》カウンターには、上級生《じょうきゅうせい》がひとりですわっていた。黒いふちのメガネをかけた、中学生のようにも見える男子だ。おそらく六年生だろう。司書《ししょ》の先生は、不在《ふざい》のようだった。

少しだけ緊張《きんちょう》しながら、マキコは受付カウンターへと向かった。その途中《とちゅう》、

「あ……」

マキコよりもひと足早く、べつの生徒《せいと》が受付カウンターの前に立ってしまった。

なんとなく、足がとまる。マキコは、すぐ近くにあった《今月のオススメ》という特《とく》設棚《せつだな》に向かいあった。

「貸《か》し出《だ》しをおねがいします」

受付カウンターの前に立った生徒が、どことなくそっけなくきこえるいい方でいう。

「『山の暮《く》らし』……あいかわらず、しぶい本だな」

「市の図書館にはなかった本なんです」

「へえ、そうなんだ」

「まさか学校の図書室にあるとは思いませんでした」

きこうとしなくても、ふたりの会話が耳に入ってきてしまう。

ちらりと横目《よこめ》で見てみると、白いシャツを着た姿勢《しせい》のいい男子が、カウンターの上にぶあつい本をおいたところだった。

上級生《じょうきゅうせい》なのはまちがいなさそうだけど、受付《うけつけ》カウンターのなかにいる男子よりは、学年が下に見える。五年生だろうか。

まっ黒な長い前髪《まえがみ》が、目もとに影《かげ》をつくっている。横顔が、ちょっとかっこよかった。

「きょうはひとりなのか？」

黒いふちのメガネをかけた上級生が、ぶあつい本を受《う》けとりながら話しかけた。

「基本的《きほんてき》に、ぼくはいつもひとりです」

「そう？　こないだも、おまえとあいつ……小泉《こいずみ》だっけ？　いっしょにいるところを見かけたけどな」

「勝手《かって》についてくるんです」

「ふうん……」

知りあい同士《どうし》のようだ。

そのわりに、なんとなくよそよそしい雰囲気《ふんいき》がただよっている。

「オレ、二ノ丸《にのまる》には借《か》りがあるだろ？」

「……なんのことですか」

「ふたりのときには、ごまかさなくたっていいじゃん。どうして二ノ丸が、オレとのことを小泉《こいずみ》にかくしたがってるのかは、よくわからないけど」

「べつに、かくしたがってるわけじゃありません。彼《かれ》には関係《かんけい》のない話だというだけです」

「好奇心《こうきしん》のかたまりって感じだったもんな。おもしろそうだと思ったことには、すぐ首をつっこみにいきそう」

「……さあ、どうなんでしょう」

「だから、かくしてるんだろ？　おまえがオレを、《黒い制服《せいふく》の男たち》から助《たす》けてくれたことも」

二ノ丸というらしい生徒《せいと》に、受付係《うけつけがかり》の上級生《じょうきゅうせい》は〈借りがある〉のだという。そのわりには、あからさまに相手《あいて》が話すのをいやがっている話題《わだい》を、一方的《いっぽうてき》につづけている。

マキコは、きき耳を立てるのをやめられなくなっていた。

「どう思おうと神谷《かみや》くんの自由《じゆう》ですけど、ぼくはべつに、神谷くんに貸《か》しを作ったとは思っていません」

神谷くん、と呼《よ》ばれた受付《うけつけ》カウンターのなかの上級生《じょうきゅうせい》が、ははっ、と声をあげて笑《わら》った。

「また、神谷くんって呼んだ。イクミでいいっていってるのに。前はイクミくんって呼んでくれてたじゃないか」

「あれは、仲《なか》いいふりをする必要《ひつよう》があったから、そう呼んだだけです」

「ふうん……それはさておき、貸《か》しなんて作ったことにしておけばいいのに」

ほがらかだった笑い声が、途中《とちゅう》から急に、ひやりとなった。

「……まあ、いいや。とりあえず、小泉《こいずみ》にはだまっておいてやるよ。あいつの知らないところで、二ノ丸《にのまる》がどんなことをしてるかってことはね」

最後《さいご》にはなんだか、二ノ丸くんをおどすようなことをいいだした。自分《じぶん》のほうから、〈借《か》りがある〉といったくせに。

マキコはなんだか、神谷《かみや》という上級生《じょうきゅうせい》のことがこわくなってしまった。

このまま帰ってしまおうか——。

マキコがそう思いかけたとき、《おたけさんのねがい》という言葉が、いきなり耳に飛《と》びこんできた。

「えっ」

思わず、声が出てしまった。

受付《うけつけ》カウンターのなかの上級生と、その前に向かいあっていた二ノ丸《にのまる》くんが、ほとんど同時《どうじ》にマキコをふりかえる。

しまった、と思ったけれど、もうおそかった。盗《ぬす》みぎきしていたことは、ばれてしまっている。

「あ、あのう……」

思いきって、マキコはふたりのもとへと歩みよってみた。

「いま、《おたけさんのねがい》っていったのが、きこえたんですけど……」

マキコがおそるおそるそういうと、黒いふちのメガネの上級生——神谷と二ノ丸くんは、おたがいの顔をそっと見やった。

「えっと」

先に口をひらいたのは、神谷《かみや》のほうだった。

「《おたけさんのねがい》が、どうかした？」

「あ、いえ、ただちょっと気になって……」

マキコが適当《てきとう》にごまかすと、今度《こんど》は二ノ丸《にのまる》くんが、ふわりと毛布《もうふ》を肩《かた》にかけるように、やさしく話しかけてきた。

「《はるかぜさんのおねがい》を試《ため》してみたんだね？」

「えっ？　どうしてそれを……」

やっぱり、というように、二ノ丸くんが小さくうなずく。

「失敗《しっぱい》した？」

「……はい」

「あれは、白丸《しろまる》だからね」

「白丸……って、なんですか？」

「ニセモノって意味」

「ニセモノ……でも、うまくいった子もいるんです。二組のユカリちゃんとか、ミカちゃんとか」

「それは、《はるかぜさんのおねがい》をやってみたときに、たまたま向こうが連絡《れんらく》をしてきたタイミングがかさなっただけだと思う」

「たまたま……なんですか」

「そういうことは、白丸《しろまる》にはよくあるんだ。たまたま、が何度《なんど》かかさなって、ホンモノっぽくなってしまうっていうことがね」

「じゃあ……《おたけさんのねがい》も、ニセモノ？」

いや、といって、二ノ丸《にのまる》くんはなぜだか、受付《うけつけ》カウンターのなかにいる神谷《かみや》のほうをちらっと見た。

「そっちは、黒丸《くろまる》だよ」

「黒丸……白丸の逆《ぎゃく》で、ホンモノってことですか？」

「そう」

二《に》ノ丸《のまる》くんとマキコのやりとりをだまってきいていた神谷《かみや》が、そこで急に、口をひらいた。

「だからね」

カウンターの上にひじをついて、外国の人がお祈《いの》りするときのようなポーズをしながら、マキコの顔をじっと見つめている。

「試《ため》さないほうがいい」

「えっ……」

おどろくマキコに、神谷は、にこっと笑《わら》ってみせた。

そうやって笑うと、ちょっとやさしそうになる。

「だろ？　二ノ丸」

神谷は最後《さいご》にそういうと、マキコから二ノ丸くんへと視線《しせん》を動かした。

二ノ丸くんは、それにはこたえない。代《か》わりに、マキコに向かっていった。

「やめておいたほうがいい、《おたけさんのねがい》を試すのは。ねがいはかなうだろうけど、きっと後悔《こうかい》することになる」

その目が、ぎらりとするどくなっている。

まるで、獲物《えもの》を狙《ねら》う肉食《にくしょく》の動物のようだ。

最初《さいしょ》はやさしそうに見えた二ノ丸《にのまる》くんが、なぜだかいまは、神谷《かみや》よりもずっとおそろしく思える。

「わ……わかりました。わたし、やりません」

マキコはあわててぺこりと頭をさげると、ほとんど逃《に》げだすように、図書室から飛《と》びだした。


マキコが図書室にいったのは、《おたけさんのねがい》を試《ため》すのに必要《ひつよう》な本をさがすためだった。

フミカがいうように、《おたけさんのねがい》を試すには、《はるかぜさんのおねがい》と同じく、行《ぎょう》の頭を横に読んでいくと、『お』『た』『け』『さ』『ん』『の』『ね』『が』『い』となる箇所《かしょ》がある本を手に入れなければならない。

司書《ししょ》の先生か図書委員《いいん》の上級生《じょうきゅうせい》にきけば、なにかわかるかもしれない、と思ったのだ。結局《けっきょく》、司書の先生は不在《ふざい》だったし、ふたりの上級生たちからはなぜだか、《おたけさんのねがい》は試《ため》さないほうがいい、といわれてしまった。

なやまなかったわけではない。

ひと晩《ばん》、ちゃんと考えた。

それでも、やっぱりやってみたい、とマキコは思ったのだ。

一度でもいい。安藤《あんどう》くんからのメッセージがほしい。保存《ほぞん》して、宝物《たからもの》にする。手紙だっていい。クリアファイルにはさんで、大事なものをしまっておく引き出しに入れておくから。

意《い》を決《けっ》して、マキコは市の図書館に入っていった。

読書ぎらいのマキコが、市の図書館に足をはこぶことなんてめったにない。きょろきょろしながら、検索機《けんさくき》の前まで足を進める。

頭のなかでは、きのう、図書室で盗《ぬす》みぎきをした二ノ丸《にのまる》くんと神谷《かみや》の会話を、そっくりそのままなぞっていた。

——二ノ丸《にのまる》も知ってるんだろ？　例《れい》の都市伝説《としでんせつ》に必要《ひつよう》な本のことは。

——ええ、まあ。

——『りんごの木の下でまた会いましょう』だっけ。

——ちょっとちがいます。『いつかまたりんごの木の下で』です。

——そうだっけ。で、その本のなかに、行《ぎょう》の頭を横に読んでいくと、『お』『た』『け』『さ』『ん』『の』『ね』『が』『い』ってなる部分《ぶぶん》があるわけだ。


そこでマキコが、「えっ」と声をあげてしまったために、盗《ぬす》みぎきしていたことがふたりにばれてしまった。本当《ほんとう》は、もう少し先まできいておきたかったのに。

マキコはとっさに、自分はほんのちょっとしか盗みぎきをしていないふりをした。神《かみ》谷《や》が、『お』『た』『け』『さ』『ん』『の』『ね』『が』『い』といったのがきこえたので、そこではじめて、はっとなって声をあげてしまった、と思われるように、ふたりに話しかけたのだ。

マキコはちゃんときいていた。《おたけさんのおねがい》を試《ため》すのに必要《ひつよう》な本のタイトルを。

「いつか、また……りんごの木の、下で……あった！」

マキコは検索機《けんさくき》の画面《がめん》に表示《ひょうじ》されたタイトルを目にして、小さく歓声《かんせい》をあげた。

所蔵《しょぞう》されている棚《たな》の前まで、急ぎ足で向かう。あ行《ぎょう》の段《だん》から、『いつかまたりんごの木の下で』をさがしはじめた。

「……これだ」

めあての本は、すぐに見つかった。ひと足先にだれかに借《か》りられていたらどうしよう、とどきどきしていたマキコは、ほっと胸《むね》をなでおろした。

大人気《だいにんき》の《はるかぜさんのおねがい》とちがって、《おたけさんのねがい》は、すごく古い都市伝説《としでんせつ》だったことを思いだす。

どきどきする必要なんかなかったんだ、と思いながら、『いつかまたりんごの木の下で』の背表紙《せびょうし》に人さし指を引っかけ、くいっと引きぬいた。古い紙のにおいが、ぷん、とにおう。フミカのおばさんが子どもだったころの本ということは、きっと昭和《しょうわ》の本だ。

表紙《ひょうし》のデザインも、なんだかやけに古くさい。

マキコは、古い紙のにおいに顔をしかめながら、『いつかまたりんごの木の下で』を受付《うけつけ》カウンターに持っていった。


安藤《あんどう》くんからの連絡《れんらく》がほしい一心《いっしん》で、『いつかまたりんごの木の下で』を借《か》りて帰った日から、一週間。

マキコは青ざめた顔で、放課後《ほうかご》の図書室に向かっていた。視線《しせん》は、足もとに向けられたままだ。まるで、見たくないものでもあるかのように、まわりを見ないようにして歩いている。

放課後の図書室はきょうも、ひっそりとしていた。ただでさえ気がめいっているというのに、ますますおちこんでしまいそうだと、マキコは思う。

司書《ししょ》の先生は、またしても不在《ふざい》だった。代《か》わりに、きょうも神谷《かみや》が受付カウンターのなかにいる。

「あれ、このあいだの……」

神谷《かみや》はすぐにマキコに気がついて、声をかけてきた。

「あの……二ノ丸《にのまる》くんって、何年何組かわかりますか？」

マキコがそうたずねると、神谷は、「学年とクラスくらいならわかるけど」と答えてから、ちらりと図書室の奥《おく》のほうを見やった。

「二ノ丸に用《よう》があるんなら、そこにいるよ」

神谷が視線《しせん》を向けたのは、柱《はしら》のかげの、ちょっと奥まったようになっている場所だった。マキコは、熱《ねつ》に浮《う》かされているような足どりで、ふらふらとその場所へと向かう。

二ノ丸くんは、いた。柱のかげになっている奥まった場所で、立ったまま本をぱらぱらとめくっているところだった。

「あの、二ノ丸くん……」

マキコが声をかけると、二ノ丸くんはゆっくりと本から顔をあげて、「やあ」といった。それから、マキコの顔をじっと見つめて、こういいたす。

「……きみ、《おたけさんのねがい》をやってしまったんだね？」

マキコは、こく、と力なくうなずいた。

二ノ丸《にのまる》くんは、なんでもお見とおしなんだ、と思いながら。

「市の図書館で、『いつかまたりんごの木の下で』を借《か》りてきてすぐ、やってみました。そしたら……」

ぱたん、と本をとじながら、二ノ丸《にのまる》くんはマキコのほうに体の正面《しょうめん》を向けた。

「そしたら？」

「そしたら……つぎの日に、安藤《あんどう》くんから携帯電話《けいたいでんわ》にメッセージがきました」

あのときは、うれしかったなあ……。

携帯電話の画面《がめん》に安藤くんの名前を見つけたときのことを思いだして、マキコはうっすらと笑《わら》った。

ただし、うれしかったのはそのときだけ。

届《とど》いたメッセージを見た瞬間《しゅんかん》、マキコは携帯電話をおとしそうになってしまった。

【佐野《さの》さん、今週の日曜日、どこいきたい？】

佐野さん――同じ学習班《がくしゅうはん》だった女子の名前だった。

佐野《さの》さんはおとなしいけれど、だれにでもやさしくて、女子からも男子からも人気《にんき》のある女子だ。

安藤《あんどう》くんがメッセージを届《とど》けたかったのは、その佐野さんだった。それがまちがって、マキコの携帯電話《けいたいでんわ》に届いてしまったのだ。

安藤くんが、うっかりアドレスをまちがえてしまったのかもしれない。だけど、マキコにはどうしても、そうは思えなかった。《おたけさんのねがい》が、届くはずのない安藤くんからのメッセージを、むりやり自分に届けてしまったにちがいない。そう思ったのだ。

――わたしがほしかったのは、こんなメッセージじゃない！

マキコは、泣《な》きながら携帯電話をベッドに投《な》げつけた。

「……《おたけさんのねがい》は、ホンモノだったんです」

いまにも消えいりそうな声でマキコがそういうと、二ノ丸《にのまる》くんは、うん、とうなずいた。知ってるよ、とえらそうにするのでもなく、ごく自然《しぜん》に、やさしく。

「きみが本当《ほんとう》に、《おたけさんのねがい》をやってしまうとは思っていなかった。もっとちゃんと、話しておけばよかったね」

マキコは、はっとなった。

「もしかして……二《に》ノ丸《まる》くんは知ってたの？　あのことも」

二ノ丸くんは、マキコの顔をじっと見つめながら、「知ってたよ」と答えた。

「だから、やめといたほうがいいって、あのときいったの？」

こく、とうなずく二ノ丸くんの目は、なぜだかちょっとさみしげだった。

二ノ丸くんのいうことをきいておけばよかった、という思いで、胸《むね》がいっぱいになっていく。

きいておけば、こんなことにはならなかったのに……。

ケガの具合《ぐあい》をたずねるように、二ノ丸くんがマキコにきいた。

「いまも、届《とど》きつづけてるの？」

「はい……」

マキコは、スカートのポケットに手を入れた。三十枚以上《まいいじょう》はあるメモ用紙《ようし》を、いっぺんにとりだす。

「これぜんぶ、きょうの分《ぶん》です」

マキコは、メモ用紙の束《たば》を二ノ丸《にのまる》くんにわたした。二ノ丸《にのまる》くんは一枚《まい》ずつ、目を通《とお》していく。

安藤《あんどう》くんからのまちがいメッセージが届《とど》いた翌日《よくじつ》。

マキコは、しょんぼりしながらも登校し、一時間目の授業《じゅぎょう》に使う教科書《きょうかしょ》とノートをランドセルからとりだそうとした。

——あれ？

入れたおぼえのない紙きれが、指先にふれた。つまみだしてみると、五センチ四方くらいの大きさのそのメモ用紙には、こう書いてあった。

【これからよろしくね、マキコちゃん】

ふるえる手で書いたような、角《かく》ばった変《へん》な字だった。ところどころ、ぬれたように字がにじんでもいる。メモ用紙自体《ようしじたい》も、ひどく黄《き》ばんでいて、しわまみれだ。

ひと目《め》見て、友だちのだれかが入れたものじゃない、とわかったマキコは、きゃっ、と悲鳴《ひめい》をあげて、メモ用紙から、ぱっと手をはなした。

ひらひらと床《ゆか》の上におちていくメモ用紙を見つめながら、まっ先にマキコが思ったのは、『男子のいたずらかもしれない』だった。

こちらを見ながら、こそこそと笑《わら》っている男子たちはいないかと、あわててまわりを見まわしてみたけれど、だれもマキコのことは見ていなかった。

「いたずらのほうが、まだよかった……」

二ノ丸《にのまる》くんの指が次々《つぎつぎ》とめくっていくメモ用紙の束《たば》をぼーっと見つめながら、マキコはぼそりといった。

いたずらなんかではないことに気がついたのは、スカートのポケットに手を入れたときだ。

そこにも、メモ用紙が入っていた。

これから
よろしくね
マキコちゃん

【どうしてきょろきょろしてるの？　マキコちゃん】

うっかり毛虫《けむし》にさわってしまったときのように、マキコは手をばたばたさせて、メモ用紙をはらいのけた。家を出て、学校にくるまでのあいだ、スカートのポケットにだれかの手が入ってきたりはしていない。

マキコはようやく、自分《じぶん》の身《み》におきていることが、ふつうじゃないことに気がついた。

すべて読みおえたらしい二ノ丸《にのまる》くんが、マキコにメモ用紙《ようし》の束《たば》をかえしながらいう。

「……《おたけさんのねがい》でねがいをかなえてしまうと、おたけさんからの手紙が大量《たいりょう》に届《とど》くようになる。それが、この都市伝説《としでんせつ》の伝《つた》えわすれなんだ」

「伝え……わすれ」

「おたけさんが、つぎのだれかに心変《こころが》わりをしないかぎり、手紙はつづく――そういわれていた。むかしはね。いつしかその部分《ぶぶん》は、伝えわすれられるようになってしまった」

マキコは、ふらりとよろめいた。

じゃあ、この気味《きみ》の悪《わる》い手紙は、これからもずっと届《とど》きつづけるということ？

「助《たす》けて、二ノ丸《にのまる》くん！」

マキコは、二ノ丸くんの腕にすがりついた。二ノ丸くんなら、きっとなにかいい方法を知っているにちがいない、と思ったのだ。

二ノ丸くんは、マキコにつかまれた腕《うで》をじっと見つめながら、ゆるゆると首を横にふった。

「発動《はつどう》してしまったら、人の力ではどうにもできない。それが、都市伝説《としでんせつ》――伝承《でんしょう》や言《い》いつたえのおそろしいところなんだ……」

「そんな……」

よろよろと、マキコはあとずさった。

「あんな……あんなまちがいメッセージのために？」

自分にしか見えないストーカーみたいなおたけさんから、これからもずっと、手紙を送られつづけなくちゃいけないの？

スカートのポケットに、自然《しぜん》と手がのびる。かさ、と紙がこすれる音がきこえた。

また、入ってる！

マキコは、二ノ丸《にのまる》くんが背《せ》にしている本棚《ほんだな》のほうに目をやった。何冊《なんさつ》か本がぬけている部分《ぶぶん》があり、ぽかんとすきまができている。そこにはさっきからずっと、おたけさんがいた。

すきまを見てしまうと、そこにおたけさんはいる。すきまから、マキコだけを見ている。手紙が届《とど》きはじめてからずっとそうだ。おとなのか、子どもなのか、男なのか女なのかもわからない。すすで、まっ黒に汚《よご》したような顔で、目だけを白く光らせている。

おたけさんの口が、ぱか、とひらいた。

ゆっくりと、とじたり、ひらいたりをくりかえす。

「『ずっ』『と』『な』『か』『よ』『く』『し』『よ』『う』『ね』『マ』『キ』『コ』『ちゃ』『ん』」

おたけさんは、そういった。

○●○

「たーのしーいことだーけしーてーいーたいー、ぬーらぬーらたーのしーく、なーぞとーいてー」

二ノ丸《にのまる》くんが、くるっと顔を横に向けてきた。本当《ほんとう》にもう、うんざりだ、という顔をしている。

「ねえ、それを歌うの、本当にもうやめてくれないかな」

下校途中《げこうとちゅう》の横断歩道《おうだんほどう》の上だ。

白線《はくせん》の上だけ歩いてわたろうとしていた今日太《きょうた》は、自分《じぶん》が歌っていたという自覚《じかく》もない。

「えっ、オレ歌ってた？　ぬらずばひょんの歌？　マジかー。知らないうちに歌っちゃってんだよなあ」

「すっかりおぼえてしまったじゃないか。どうしてくれるんだよ、まったく」

「えっ？　おぼえたの？　二ノ丸《にのまる》くん。だったらいっしょに歌おうよ！」

そういうやいなや、今日太はさっそく、歌いはじめてしまっている。

もちろん、二ノ丸くんはいっしょに歌うこともなく、だまって歩く速度《そくど》をはやめた。

そこに、

「なんだ、やっぱり仲《なか》いいんじゃん」

うしろから、ききおぼえがあるようなないような声が、きこえてきた。

体ごと今日太《きょうた》がうしろをふりかえると、思ったよりも近いところに、図書室で一度だけしゃべったことのある六年生――神谷《かみや》くんがいた。

「わっ、びっくりした」

いきなり体ごとふりかえった今日太に、神谷くんはおどろいたようだった。

二ノ丸《にのまる》くんは肩《かた》ごしに、顔だけうしろに向けている。

「どうも」

ぺこ、とかるく頭をさげた二ノ丸くんのとなりに、神谷くんがならぶ。

「思ったよりも、元気そうでよかった」

「なんのことですか？」

「もしかすると、おちこんでるかもしれないって思ってたから」

「どうしてそう思ったんですか？」

「だって、オレのときみたいに、うまく助《たす》けられなかっただろ？」

また、今日太《きょうた》にはなんの話かわからないことを話している。

前も、なんとかさんっていう、ちょっとおばさんっぽい名前の人の話をずっとしてたんだよな、とぼんやりと思いだす。

あれっ？ そういえば、二ノ丸《にのまる》くんになにか、きこうと思ってたことがあったようなな……。

なんだっけ、と考えこんだ今日太は、知らないうちに立ちどまっていた。考えるのに夢中《むちゅう》で、自分《じぶん》が立ちどまっていることに気がついてもいない。

そのあいだに、二ノ丸くんと神谷《かみや》くんはすたすたと歩いて、ずっと先までいってしまっていた。

「あっ！ ちょっと待ってよ、二ノ丸くーん！」

今日太はあわててふたりのあとを追《お》いかけていくと、ぐいっとあいだに割《わ》ってはいった。二ノ丸くんは、あからさまにいやそうな顔をしている。

そんな二ノ丸くんを見て、神谷くんは、声を出さずに笑《わら》っていた。

よくわからないけれど、二ノ丸《にのまる》くんのことを好《す》きそうだから、まあいいか、と今日太《きょうた》は思う。

二ノ丸くんを好きな人に悪《わる》い人はいない。

それが、最近《さいきん》の今日太の持論《じろん》なのだ。

# 透明人間《とうめいにんげん》の名札《なふだ》

「はあ？　透明人間《とうめいにんげん》？」

今日太《きょうた》はあからさまに拍子《ひょうし》ぬけした様子《ようす》で、ゾノ――名字《みょうじ》の花園《はなぞの》を短縮《たんしゅく》して、そう呼《よ》ばれている――の顔をのぞきこんだ。

ゾノはまじめくさった顔で、「まあ、きけって」と答える。

つぎは図工の時間なので、別棟《べっとう》へのわたり廊下《ろうか》を歩いている最中《さいちゅう》だ。まわりには、同じように移動先《いどうさき》の図工室に向かっている子たちがたくさんいる。

ゾノは、いっしょに歩いていた仲間《なかま》たちのなかから今日太だけをつれだして、ふたつ年上の姉からきいたばかりだという話を耳うちしてきた。しかも、さも特別《とくべつ》な話だというように、だ。にもかかわらず、ゾノの話は、今日太の興味《きょうみ》を引くものではなかった。

――いまどき透明人間って。

それが、今日太の正直《しょうじき》な感想《かんそう》だった。

まず、透明人間に興味がない。実在《じつざい》するへんな生きもののほうが、よっぽどびっくりするし、どきどきするし、興奮《こうふん》もする。

見るからに興味《きょうみ》なさげな今日太《きょうた》にも、ゾノはめげなかった。ひそめた声で、話しつづけている。

「切《き》り通《どお》し第《だい》二中《ちゅう》にさ、うちの小学校出身《しゅっしん》の先生がいるんだって。もうすぐ定年《ていねん》になる、おじいちゃん先生らしいんだけど、その先生が小学生だったときに、はやってた話らしい」

ゾノがお姉ちゃんにきいた話はこうだ。

今日太たちがかよっている切り通し小学校には、そのおじいちゃん先生がまだ小学生だったころ――いまから五十年ほど前だ――から、ひとつだけ使用《しよう》されていないゲタ箱《ばこ》があったのだという。

使用されなくなった理由《りゆう》。

それは、ある事件《じけん》のせいだった。切り通し小学校が創立《そうりつ》されて間《ま》もないころ、生徒《せいと》のひとりが行方不明《ゆくえふめい》になる事件があったのだ。

もどってくることを信《しん》じて、学校側《がっこうがわ》はその生徒のゲタ箱をそのままにしておくことにしたのだけど、一年たっても、二年たっても、生徒の行方はわからない。結局《けっきょく》、失踪当《しっそうとう》時《じ》に一年生だったその生徒《せいと》が、小学校を卒業《そつぎょう》する年がやってきても消息《しょうそく》はつかめずじまいだった。

以来《いらい》、そのゲタ箱《ばこ》は、永久欠番《えいきゅうけつばん》のような形で、新しい名札《なふだ》をつけられることもなく、真新《まあたら》しい状態《じょうたい》のままになっているのだという。そして、いつからか、こんなうわさ話が生徒たちのあいだでささやかれるようになった。

そのゲタ箱に自分《じぶん》の名前を書いた名札を入れて下校すると、つぎの日から、学校にいるあいだは透明人間《とうめいにんげん》としてすごせるようになるらしい——。

どうよ？　という顔をして、ゾノは今日太《きょうた》の返事《へんじ》を待《ま》っている。が、やはり、今日太はこの話に、いまひとつのれずにいた。

「だってさあ」

今日太は、のれない理由《りゆう》を簡潔《かんけつ》に、ゾノに伝《つた》えた。

「きいたことある？　透明人間になったことがあるやつの話」

ゾノもシンプルに、「ない」とだけ答える。

「な？　その時点《じてん》でおかしいじゃん。使ってないゲタ箱に名札を入れておくだけで透明人間になれるんだったら、絶対《ぜったい》やってみるやついるだろ？　で、うまくいったら、だれかに自慢《じまん》するじゃん？」

それなのに、今日太《きょうた》はこれまで一度だって、『うちの小学校に、透明人間《とうめいにんげん》になったことがあるやつがいるらしいよ』という話をきいたことがない。

すなわち――、

「ガセだな、その話」

今日太の出した結論《けつろん》に、ゾノは納得《なっとく》できないらしく、すっかり人のへったわたり廊下《ろうか》を見まわしながら、でもさ、といった。

「うちの姉ちゃんも、そのおじいちゃん先生からきくまで、透明人間になれるゲタ箱《ばこ》がうちの小学校にあるなんて話、知らなかったんだって。オレらだって知らなかったじゃん？　ってことはさ、めちゃくちゃマイナーな都市伝説《としでんせつ》なんだよ、これは」

「だから、試《ため》してみたやつもいないってこと？」

「そ」

ふうん、と適当《てきとう》なあいづちをうった今日太に、いきなりゾノがおそいかかってきた。

両肩《りょうかた》をがしりとつかむと、頭がぐらぐらになるくらい、はげしくゆさぶってくる。

「なんで！　きょうの！　きょん太《た》は！　そんなにノリが悪《わる》いんだよおーっ」

そんなこといわれても、と思いはしたものの、さすがにゾノがちょっとかわいそうになってきた今日太《きょうた》は、ぐらぐらにゆさぶられながら、「わかったって」と答えた。

「とりあえず、さがしてみるだけさがしてみる？　そのゲタ箱《ばこ》」

ゾノが、今日太の両肩をつかんでいた左右の手を、ぱっとひらく。急に解放《かいほう》された今日太の体は勝手《かって》に、酔拳《すいけん》の使《つか》い手《て》のような動きをした。

「よし！　授業《じゅぎょう》がはじまるまで、まだちょっと時間あるから、いまいっちゃおうぜ」

そういうやいなや、ゾノはわたり廊下《ろうか》を逆方向《ぎゃくほうこう》に走りだしてしまった。

そうだった、と今日太は思いだす。

たしかゾノは、〈将来《しょうらい》の夢《ゆめ》〉に、『透明人間《とうめいにんげん》になること！』と書いたことがあるやつだった、と。

名札《なふだ》の入っていないゲタ箱《ばこ》は、ぜんぶで八つもあった。

「ありすぎじゃない？」

思わず今日太《きょうた》がそうつっこむと、ゾノは、むう、とくちびるをとがらせながら、「たしかに」と答えた。

「このなかのどれかひとつがホンモノってこと？」

「うーん、どうだろ」

ゾノはすっかり、この都市伝説《としでんせつ》に興味《きょうみ》をうしなってしまったようだった。

名札の入っていないゲタ箱が、ぴったりひとつだけだったら、こうはなっていなかったはずだ。八つもある、と知ったとたんに、ホンモノっぽさがうすまってしまった、ということらしい。

「試《ため》しに、八つぜんぶに名札入れてみる？」

今日太がそうけしかけてみても、今度《こんど》はゾノのノリが悪《わる》くなっている。

「うーん、やってもいいけどさー……」

と、そこにいきなり、

「やめておいたほうがいいんじゃない？」

きりっとした声が、今日太《きょうた》たちの背後《はいご》からきこえてきた。

この声は、とわくわくしながら、今日太はうしろをふりかえる。

今日太が予想《よそう》したとおり、そこにいたのは二ノ丸《にのまる》くんだった。大好物《だいこうぶつ》のココアが、いきなり目の前に出されたような気分になる。

えりつきの白いシャツを着た二ノ丸くんは、廊下《ろうか》の窓《まど》を背《せ》にして、すっと立っていた。

今日太たちのほうを、じいっと見ている。

目があった。とたんに、あれ？　と思う。いつもの二ノ丸くんも、ワシとかタカとか、超高速《ちょうこうそく》で空を飛《と》ぶ鳥のような目をしているのだけど、いまの二ノ丸くんのまなざしは、さらに、ぎらりとするどかったからだ。

「二ノ丸くんじゃーん、どうしたの？」

それでも、今日太はけろりと話しかけてしまう。二ノ丸くんは、今日太の顔をじっと見つめたまま、いった。

「名札《なふだ》が入ってないからって、使用《しよう》されていないゲタ箱《ばこ》とはかぎらないだろ。もしかし

たら、名札《なふだ》を入れわすれてるだけで、だれかが使ってるかもしれない」

「新学期《しんがっき》でもないのに？　わすれてる期間《きかん》が長すぎない？」

なんの気なしに今日太《きょうた》がそうききかえすと、二ノ丸《にのまる》くんはちょっとむっとしたようだった。形のいいくちびるが、きゅっと引きむすばれている。

「きょん太《た》」

ゾノが、今日太のTシャツのすそを、ぴよんっと引っぱった。いこう、といっているのだ。

ゾノにかぎらず、二ノ丸くんを苦手《にがて》そうにしている男子は少なくなかった。女子たちも、遠《とお》まきに見ながら二ノ丸くんの情報《じょうほう》を交換《こうかん》しあったりしているくせに、なにか用事でもないかぎり、話しかけようとはしない。

二ノ丸くんは、「とにかく」といって、今日太から目をそらした。

「もしきみたちが、自分以外《じぶんいがい》のゲタ箱《ばこ》に名札を入れてるのを見つけたら、すぐ先生に報告《ほうこく》するから」

二ノ丸くんは、ふきげんそうな顔をしたまま、いってしまった。

○●○

玄関《げんかん》ホールの柱《はしら》のかげにかくれて、盗《ぬす》みぎきをしていた近藤《こんどう》ナオキは、思わず手のひらで口もとをおおった。

手のひらの下で、勝手《かって》に口が笑《わら》ってしまう。とくに意味もなく二ノ丸《にのまる》くんのあとをこっそりついてきただけだったのに、思いがけない場面《ばめん》に遭遇《そうぐう》してしまった。

二ノ丸くんはナオキにとって、ただのクラスメイトではない。たったひとりきりの仲《なか》間《ま》だった。いまはもうちがう。元《もと》仲間だ。

ナオキが二ノ丸くんを気にするようになったのは、同じクラスになってすぐのことだった。

ナオキはおとなしい性格《せいかく》で、人と話すのもあまり得意《とくい》ではない。いじめられてはいないものの、友だちらしい友だちは、ほとんどいたことがなかった。去年《きょねん》まで同じクラスだった幼《おさな》なじみと、たまに廊下《ろうか》で話す以外《いがい》は、休み時間もたいてい自分《じぶん》の席《せき》にすわったままだ。

そんなナオキが二ノ丸《にのまる》くんに注目《ちゅうもく》するようになるのに、時間はかからなかった。

二ノ丸くんも、ナオキと同じだったからだ。

友だちらしい友だちもいないようだし、休み時間は決《き》まって自分の席《せき》にすわって本を読んでいる。

仲間《なかま》だ、と思った。

会話なんてなくても、おたがいのことを名前で呼《よ》びあったりしなくても、同じ教室のなかにいて、それぞれにひとりぼっちでいる。ただそれだけで、自分たちはほかのだれよりも深《ふか》いところでつながっている仲間同士《どうし》だ――ナオキは、そう信《しん》じるようになっていった。

ところが、しばらくして二ノ丸くんのほうに変化《へんか》がおきる。

同じクラスのみんなはもちろん、担任《たんにん》のほなちゃん先生や、ほかのクラスや学年のちがう生徒《せいと》たちからも、あだ名のきょん太《た》で呼《よ》ばれて、ちやほやされている〈人気者《にんきもの》〉の小泉今日太《こいずみきょうた》。その小泉今日太が、どういうわけか二ノ丸くんにまとわりつくようになったのだ。

ひとりでいる二ノ丸《にのまる》くんを、遠くはなれた自分《じぶん》の席《せき》から、こっそりながめているだけでナオキは満足《まんぞく》だった。ほかにはなにも望《のぞ》んでいなかった。一方的《いっぽうてき》にでも、仲間《なかま》だと思えていたころは。

いまはちがう。

二ノ丸くんとナオキは、似《に》て非《ひ》なる存在《そんざい》になってしまった。

友だちはいるけれど、ひとりぼっちでいるのが好《す》きな二ノ丸くん。

友だちがいないから、ひとりぼっちでいるしかない自分。

似ているようで、まったくちがう。

二ノ丸くんはもう、仲間ではなくなってしまった。

小泉今日太《こいずみきょうた》のせいで。

あいつが二ノ丸くんに興味《きょうみ》をもちはじめたことには、すぐに気がついた。ナオキはいつだって、二ノ丸くんを見ていたのだから。小泉今日太の接近《せっきん》に気がついたとき、背中《せなか》がひやっとなったことをおぼえている。

二ノ丸《にのまる》くんだけは、やめてくれ！

心のなかで、そうさけんだ。

おまえみたいなやつに気《き》に入《い》られたら、いくらひとりでいるのが好《す》きな二ノ丸くんだって、陥落《かんらく》しちゃうに決まってるじゃないか、と。

自分《じぶん》だったら、と考えてみた。

もし、あの小泉今日太《こいずみきょうた》が自分のことを気に入って、やたらと話しかけてくるようになったら？

そんなの、舞《ま》いあがるに決まっている。夢《ゆめ》でも見ているんじゃないかと、ほおをつねりながら毎日をすごすことになるだろう。

二ノ丸くんのすごいところは、あの小泉今日太にあれだけ気に入られて、四六時中《しろくじちゅう》まとわりつかれていても、まったく浮《う》かれた様子《ようす》を見せないところだ。

それでいて、小泉今日太を拒絶《きょぜつ》してはいない。話しかけられれば、迷惑《めいわく》そうにしながらもちゃんと答えているし、いっしょに帰ろうと誘《さそ》われれば、しぶしぶながらも歩調《ほちょう》をあわせて歩いている。

つまり、小泉今日太《こいずみきょうた》はまんまと二ノ丸《にのまる》くんの友だちになってしまった、ということだ。毎日のように、思いしらされている。二ノ丸くんはもう、自分《じぶん》の仲間《なかま》ではなくなってしまったのだということを。

それでもナオキは、二ノ丸くんをあきらめられずにいた。なんとかして、小泉今日太を二ノ丸くんから遠ざけることはできないだろうか。気がつくと、そんなことばかり考えている。

仲間にもどってほしかった。

まわりとうまくなじめずに、ひとりぼっちでいる同士《どうし》に。

なにをどうすればいいのかわからないまま、ナオキは二ノ丸くんを観察《かんさつ》しつづけてきた。ときには、あとをつけてみたりもする。

そうしていまも、ただなんとなく二ノ丸くんのあとをつけてきただけだったのに。まさか、こんな貴重《きちょう》な盗《ぬす》みぎきができてしまうなんて。

これは、チャンスだ。

あのにくたらしい小泉今日太を、二ノ丸くんから遠ざけることができるかもしれない最大《さいだい》のチャンス——。

「きょん太《た》ってさー、二ノ丸《にのまる》のことこわくねえの？」

ナオキがかくれている柱《はしら》のすぐそばを、花園《はなぞの》シンヤが通りすぎていく。もちろん、そのとなりには小泉今日太《こいずみきょうた》もいる。

「こわいってなに？　どういうこと？」

「なんか独特《どくとく》じゃん、二ノ丸って。正体《しょうたい》がよくわかんないっていうか」

「そこがいいんじゃーん」

「なにがいいんだよ、こえーじゃん、よくわかんないやつって」

「そ？　よくわかんなくても、いっしょにいておもしろければ、それでいいんじゃん？」

「出たよ、きょん太の、『おもしろければいいんじゃん？』。きょん太は、おもしろさ第《だい》一主義《いちしゅぎ》すぎだから！」

おもしろさ第一主義。

小泉今日太にぴったりの表現《ひょうげん》だ

きっと二ノ丸くんも、やつにはそんな印象《いんしょう》しかもっていないだろう。

そこだ。

狙《ねら》うのなら、そこしかない。

ナオキは、だれもいなくなった玄関《げんかん》ホールのかたすみで、にやりと笑《わら》った。


その日の放課後《ほうかご》、ナオキは図書室でたっぷりと時間をつぶしてから、玄関ホールに向かった。

下校時間をとっくにすぎた玄関ホールは、ひっそりと静《しず》まりかえっている。念《ねん》のため、すべてのゲタ箱《ばこ》を見まわってみたけれど、だれもいなかった。

さっそく、あらかじめ用意《ようい》してきた名札《なふだ》を、使用《しよう》されていないらしいゲタ箱の名札入れにさしいれていく。思った以上《いじょう》に入れにくく、最初《さいしょ》の一枚《まい》は、ぐにゃっと折《お》れまがってしまったりもしたけれど、なれてからは、うまく入れられるようになった。

小泉今日太《こいずみきょうた》、と書かれた名札が、一枚、また一枚と、ナオキの手のなかからへっていく。

最後《さいご》の一枚にとりかかろうとした、そのとき――、

「……ねえ、それって、彼《かれ》にたのまれてやってることなの？」

廊下《ろうか》のほうから、声をかけられた。

どきん、と心臓《しんぞう》がはねあがる。

だれもいないのをたしかめたのに、と思いながら、顔を横に向けた。

「に、二ノ丸《にのまる》くん……」

これまで一度も、面《めん》と向かって呼《よ》んだことのなかった名前を、つっかえながら口にする。

二ノ丸くんはゆっくりと歩みよってくると、ナオキの手にまだあった最後《さいご》の名札《なふだ》を、すっと引きぬいた。

「彼《かれ》の字じゃないな。きみが書いたんだね？」

どう答えればいいのかわからず、ナオキはただ、二ノ丸くんを見つめるばかりになってしまう。

二ノ丸くんは、ふ、とかすかなため息をもらした。

「この都市伝説《としでんせつ》は、黒丸《くろまる》だよ」

「え？」

黒丸《くろまる》、の意味が、ナオキにはわからない。

「黒丸って……なに？」

「黒丸っていうのはね、ホンモノって意味。ニセモノの場合は、白丸《しろまる》って呼《よ》んでる」

ということは、つまり——。

「そう、このままにしておいたら、小泉《こいずみ》くんは本当《ほんとう》に、透明人間《とうめいにんげん》になってしまう。あす、登校してきたときから、彼《かれ》は透明人間だ」

二ノ丸《にのまる》くんは、なにをいってるんだろう、とナオキは思う。こんなうさんくさい都市《とし》伝説《でんせつ》が、ホンモノのわけがないじゃないか。

「きみはさ」

二ノ丸くんは、となりのゲタ箱《ばこ》ラックの前に移動《いどう》した。

ついさっきナオキが名札《なふだ》を入れたばかりのゲタ箱から、小泉今日太《こいずみきょうた》と書かれた名札を引きぬいてしまう。

「いつも小泉くんを見てるよね」

ちがう！

ナオキは、頭のなかだけで反論《はんろん》した。

オレが見てたのは、小泉今日太《こいずみきょうた》じゃない。二ノ丸《にのまる》くんだ。

「たしかに彼《かれ》なら、知らないうちに透明人間《とうめいにんげん》になってしまったことを、おもしろがるかもしれない。だからといって、本人《ほんにん》の許可《きょか》もなく、こんなことをしてはだめだよ」

もしかして二ノ丸くんは、オレが小泉今日太をよろこばせるために、こんなことをしたと思っている？

ちがうよ、二ノ丸くん。

オレは、二ノ丸くんがやめるよう警告《けいこく》したにもかかわらず、小泉今日太はおもしろがって名札《なふだ》を入れてしまった、という状況《じょうきょう》を作りたかっただけなんだ。

そうすれば、二ノ丸くんはきっと、あいつに愛想《あいそ》をつかすにちがいない。

そう思って、やったことだったんだ。

あんな都市伝説《としでんせつ》を、本気にするわけがないじゃないか！

「……彼となかよくなりたいのなら、正攻法《せいこうほう》がいいんじゃないかな。ふつうに話しかけてみたら？　彼《かれ》は、くるもの拒《こば》まず、というタイプだから、すぐに親《した》しくなれるよ、きっと」

だから、ちがうんだよ、二ノ丸《にのまる》くん。

オレが友だちになりたいのは……。

「とにかく、これはぼくが回収《かいしゅう》しておく。いいね？」

そういうと、二ノ丸くんはナオキをその場《ば》に残《のこ》したまま、さらにべつのゲタ箱《ばこ》ラックへと移動《いどう》していった。ナオキが入れた名札《なふだ》を、すべて回収するつもりなのだろう。

ナオキは、うなだれながら自分《じぶん》のゲタ箱からスニーカーをとりだすと、しょんぼりとうわばきからはきかえて、とぼとぼと歩きだした。

よりによって、二ノ丸くんに見られてしまった。小泉今日太《こいずみきょうた》をおとしいれるためにしたことを。

二ノ丸くんは、本当の狙《ねら》いには気づいていなかったようだけど、もしかしたら、時間がたてばわかってしまうかもしれない。

そうなったらおしまいだ。

さげすんだように自分《じぶん》を見る二ノ丸《にのまる》くんの顔が、頭のなかにうかぶ。実際《じっさい》には見てもいないのに、まるで何度《なんど》も見たことがある写真のように、リアルな顔だった。

二ノ丸くんにあんな目で見られたら……。

いやだ！

それだけは、耐《た》えられない。

軽蔑《けいべつ》されるくらいなら、無関心《むかんしん》のほうが、まだましだ。

どうすればいいのだろう。

どうすれば二ノ丸くんから、あのさげすんだような目で見られずにすむ？

ふらふらと校門を出たところで、ナオキは名案《めいあん》を思いついた。

そうだ、この窮地《きゅうち》をきりぬけるには、あれしかないじゃないか！

ナオキは、急にしゃきっとなった。

まずは、あれに必要《ひつよう》なものを用意しなければ――。

足ばやに歩きだしたナオキの顔は、笑《わら》っているような、泣《な》いているような、摩訶不思《まかふし》議《ぎ》な表情《ひょうじょう》になっていた。

教室のすみに、ぼうっと立ちつくしたまま、ナオキは考える。

あの日から、もうどのくらいたったのだろう、と。

最初《さいしょ》の一か月までは、おぼえていた。

日に日に、家に帰れずにいる日数《にっすう》がふえていくのがおそろしくなってからは、日にちを数《かぞ》えるのをやめてしまった。

教室のなかは、いつもどおりにざわめいている。着席《ちゃくせき》している生徒《せいと》がほとんどだけど、友だち同士《どうし》で集まって、立《た》ち話《ばなし》をしている子たちも何人かずつ、いた。ほなちゃん先生がくるまで、まだ少し時間があるからだ。

ナオキは、ぐるりと教室のなかを見まわしてみた。

ナオキの席《せき》は、廊下《ろうか》から二列目《れつめ》の、前から三番目。そこには、だれもすわっていない。ごくたまに、すわってみることもある。だけど、そこにナオキがいることにはだれも気づかない。見えないからだ。

「ねえねえ、近藤《こんどう》くんって、まだ行方不明《ゆくえふめい》のままなんだよね」

近くで立《た》ち話《ばなし》をしていた女子たちの輪《わ》のなかから、突然《とつぜん》、自分《じぶん》の名前がきこえてきて、ナオキはびくっとなった。

「掲示板《けいじばん》に、まだ貼《は》ってあるもんね。近藤ナオキくんをさがしてますっていうポスター」

「どこいっちゃったんだろうね」

「まったく手がかりがないんでしょ？」

「神《かみ》かくしみたいに、ぱっといなくなっちゃったっていわれてるもんね」

「神かくしかあ。いまどきあるのかな、そんなの」

「やだね、もし本当《ほんとう》に神かくしにあっちゃってたら」

「うちらにとっても、他人事《たにんごと》じゃなくなっちゃうってことだもんね」

神かくし。

そう思われてもしかたがないか、とナオキは思う。

あの日。

二ノ丸《にのまる》くんに、小泉今日太《こいずみきょうた》の名前を書いた名札《なふだ》を使用《しよう》されていないゲタ箱《ばこ》に入れているのを見とがめられた日。

二ノ丸《にのまる》くんがいなくなっているのをたしかめてから、ナオキは玄関《げんかん》ホールにもどった。手には、自分《じぶん》の名前を書いた新しい名札《なふだ》が八枚《まい》。近くの公園で、名札入れのサイズにあわせてノートを切《き》り、せっせと八回、自分の名前を書いた。

二ノ丸くんは宣言《せんげん》どおり、八個分《こぶん》のゲタ箱《ばこ》をふたたび空《から》の状態《じょうたい》にもどしてから、下校したようだった。

そこまでやるくらいだ。二ノ丸くんは本気で、あの都市伝説《としでんせつ》が黒丸《くろまる》――ホンモノだと思っているのだろう。だったら、信《しん》じられる。これをやりさえすれば、自分は透明人間《とうめいにんげん》になれるのだと。

ナオキは名札入れに一枚ずつ、自分の名前を書いた名札をさしいれていった。

これを試《ため》してみる以外《いがい》に、自分がこれ以上《いじょう》、みじめな思いをしないですむ方法はない。

ナオキはそう信じきっていた。

学校をさぼるなんて、気弱《きよわ》なナオキにはとてもできそうになかったし、仮病《けびょう》をつかって休もうにも、母親にうそなんてついたこともない。学校にいかない、という選択肢《せんたくし》は、ナオキにはなかったのだ。だから、透明人間《とうめいにんげん》になることを選《えら》んだ。選ぶしかなかった。

やることをやったあとは、いつもどおりに帰宅《きたく》し、いつもどおりの夜をすごした。

翌日《よくじつ》、いつもどおりに家を出て、いつもどおりに登校したナオキは、ゲタ箱《ばこ》に自分《じぶん》のスニーカーをしまう途中《とちゅう》で、いきなり、真横《まよこ》からのタックルをくらった。

「わっ、ごめん！　……って、え？　だれもいないじゃん。オレいま、なににぶつかった？」

小泉今日太《こいずみきょうた》だった。やつが、思いきりぶつかってきたのだった。

「なにパントマイムみたいなことしてんだよ、きょん太《た》」

「っていうか、すげーうまくなかった？　いまのきょん太の動き」

「おー、マジで人にぶつかったみたいだった」

仲間《なかま》たちが、わいわいとさわぐなか、小泉今日太だけが、首をかしげかしげしている。

その様子《ようす》を見て、ナオキはやっと気がついた。

自分はもう、透明人間になっているのだと。

あわてて目の前に手をかざしてみた。見える。自分の目には、ちゃんと見えている。

透明《とうめい》になんて、なっていなかった。

試《ため》しに小泉今日太《こいずみきょうた》の背中《せなか》を、ちょん、とつついてみた。

「なに？」

くるっとその顔が、うしろを向いた。

ナオキには目もくれず、きょろきょろとあたりを見まわしている。

「あれー？　だれかいま、オレの背中、ちょんってしなかった？」

つれだっていた仲間《なかま》のなかから、花園《はなぞの》シンヤが、はあ？　と声をあげた。

「だれもしてねえし」

まちがいなかった。

自分《じぶん》は透明人間《とうめいにんげん》になっている。

ナオキは確信《かくしん》した。

二ノ丸《にのまる》くんが黒丸《くろまる》だといっていたとおり、あの都市伝説《としでんせつ》はホンモノだったのだ。

あわてて、自分の名前を書いた名札《なふだ》を入れたゲタ箱《ばこ》を見にいってみた。

たしかに入れておいたはずの名札が、なくなっている。八つ、すべてのゲタ箱を見てまわった。なかった。近藤ナオキと書かれた名札は、ナオキ自身《じしん》のゲタ箱《ばこ》に入っているもの以外《いがい》はぜんぶ、消えてなくなっていた。まるで、名札も透明《とうめい》になって見えなくなってしまったかのように。

ナオキが透明人間《とうめいにんげん》になった証《あかし》さえ、消えてなくなってしまったのだ。これでもう、だれにも気づいてもらえない。

名札が残《のこ》っていたら、少なくとも二ノ丸《にのまる》くんには、近藤ナオキは透明人間になってしまった、という事実《じじつ》を知ってもらえたかもしれなかったのに――。

「おらー、いつまできゃっきゃきゃっきゃしとるつもりや！　さっさと席《せき》につかんかーい」

いきおいよく教壇側《きょうだんがわ》の戸《と》がひらき、いつものジャージすがたのほなちゃん先生が教室に入ってきた。

ナオキの話をしていた女子たちが、ふみつけられそうになったアリのように、きゃーっとさわぎながらちらばっていく。

ナオキだけが、動かない。

教室のうしろ側《がわ》にある黒板の前に立ったまま、ぼうっとしている。望《のぞ》んだとおり、ナオキは透明人間《とうめいにんげん》になった。

どれだけ近くによっても、だれもナオキに気づかない。わざとさわってみても、気のせいにされてしまう。大きな声でさけんでも、声までも透明になってしまったのか、だれひとりとして反応《はんのう》しない。

それだけではなかった。どういうわけか、学校から出ることもできないのだ。玄関《げんかん》ホールから外に出ようとすると、扉《とびら》はひらいているはずなのに、扉の位置《いち》から向こうにはいけない。裏口《うらぐち》から出ようとしても、だめだった。窓《まど》も、同じ。目には見えない壁《かべ》のようなものにさえぎられてしまって、どうしても、校舎《こうしゃ》の外には出ることができないのだ。

だからナオキは、学校にいつづけている。

あの日から、一度も家に帰れないまま。

もともとナオキは、教室のなかにいてもいなくても同じような存在《そんざい》だった。

それでも、透明人間になる前のナオキなら、勇気《ゆうき》さえ出せば、だれにでも話しかけることができた。いまは、どんなに勇気《ゆうき》を出したって、話しかけることもできなければ、自分《じぶん》を見てもらうことすらできない。

こんなことになるくらいなら、あんなばかなことをしないで、つぎの日、ふつうに二《に》ノ丸《のまる》くんに話しかけていればよかったんだ。

二ノ丸くんのおかげで、目がさめたって。

変《へん》な小細工《こざいく》なんかしないで、なかよくなりたい相手《あいて》には、ふつうに話しかけてみるよって。

そう伝《つた》えたあとに、少しずつ二ノ丸くんに話しかける回数をふやしていけば、そのうち、気づいてもらえたかもしれない。

ああ、そうだったのか、なかよくなりたいって思われていたのは小泉《こいずみ》くんじゃなく、自分のほうだったのかって。

二ノ丸くんとは、まったくといっていいほど気のあわなそうな、あの小泉今日太《こいずみきょうた》ですら、友だちになれたのだ。

こつこつと話しかけていれば、ナオキだってそのうち、友だちになれていたにちがいない。

ナオキは思う。オレがしなくちゃいけなかったことは、小泉今日太《こいずみきょうた》を遠ざけることなんかじゃなく、自分《じぶん》が二ノ丸《にのまる》くんに近づくことだったんだ、と。

ゆっくりと歩いて、ナオキは二ノ丸くんの真正面《ましょうめん》にまわりこんだ。

二ノ丸くんは、つぎの授業《じゅぎょう》のための教科書《きょうかしょ》とノートを机《つくえ》の上に出して、きちんと背《せ》すじをのばしてすわっている。

「二ノ丸くん」

名前を呼《よ》んでみた。

返事《へんじ》はない。

顔のすぐ前に、顔をよせてみた。

二ノ丸くんの視線《しせん》には、ほんの少しの変化《へんか》もない。まっすぐに、ナオキの背中《せなか》のうしろにある教壇《きょうだん》のほうに向けられたままだ。

「あのね、二ノ丸くん。オレが本当《ほんとう》になかよくなりたかったのはね……」

どれだけ悔《く》やんだって、もうおそい。

ナオキはもう、なってしまった。

だれにも気づいてもらえない、恐怖《きょうふ》の透明人間《とうめいにんげん》に。

○●○

輪《わ》になって集まっていた女子たちが、ほなちゃん先生にしかられて、きゃーっとさわぎながら自分《じぶん》の席《せき》にもどっていったあと。

二ノ丸《にのまる》くんが、ぽつりとひとりごとをいった。

「そうか……彼《かれ》はまだ、見つかっていないんだっけ」

今日太《きょうた》は、くるっと顔を横に向けた。

「それって、ナオキのこと？」

今日太《きょうた》がそうたずねると、二ノ丸くんはなぜか、ちょっと不思議《ふしぎ》そうな顔をした。

「きみは彼のこと、そう呼《よ》んでた？」

「ん？　名前のこと？　どうだろ。おぼえてないけど。でも、ナオキでしょ、名前」

「たしか、そうだったと思う」

「じゃあ、呼《よ》んでたんじゃない？　ナオキって」

二ノ丸《にのまる》くんは、今日太《きょうた》の顔をじいっと見つめたままだ。なにを考えているのか、今日太にはさっぱりわからない。

「彼《かれ》とは親《した》しかったの？」

「うーん、あんまりちゃんとしゃべった記憶《きおく》ない」

「でも、ナオキ？」

「うん」

二ノ丸くんはいったい、なにをいいたいんだろう……と、ちょっとだけ今日太は考えこんだ。

「あっ」

急に大きな声を出した今日太に、二ノ丸くんは、し、とくちびるの前に人さし指を立てた。

ほなちゃん先生の授業《じゅぎょう》はもう、はじまっていたからだ。

「なんなの、急に大きな声出して」

「いやー、いまのいままで気がつかなかったわー。そうだよね、二ノ丸《にのまる》くんのことも、メイって呼《よ》んだほうがいいよね」

「は？」

「オレ、ほとんどの男子のこと、名前かあだ名で呼んでんのに、二ノ丸くんだけは名字《みょうじ》で呼んでるもんね」

「いや、ぼくがいいたかったのは、そういうことじゃなくて……」

「だいじょうぶ！　ちょっと呼びにくい気もするけど、これからは二ノ丸くんのことも、ちゃんとメイって呼ぶから！」

今日太《きょうた》がそう宣言《せんげん》すると、二ノ丸くんはこわいくらいの真顔《まがお》でいった。

「呼ばなくていいから」

「えっ？　いいの？」

こくこく、と二ノ丸くんがうなずく。

「えー、だったら呼びやすいから、いままでどおり二ノ丸くんって呼んじゃうよ？」

「ぜひ、そうしてほしい」

なんだかよくわからない。

てっきり二ノ丸《にのまる》くんは、『自分《じぶん》だけ名前で呼《よ》ばれていないのはどうしてなんだろう。小泉《こいずみ》くんにとって、自分は友だちじゃないということなんだろうか……』という話をしているのだと思っていたのに。

「じゃあ、二ノ丸くんって呼ぶけど。でもさ、オレにとって二ノ丸くんは、友だちのなかの友だちだから。スペシャル版《ばん》だから！」

スペシャル版の意味は、今日太自身《きょうたじしん》にもよくわかっていなかったが、とりあえず、めちゃくちゃ大好《だいす》きな友だちなんだということをわかってもらうために、そういっておいた。

二ノ丸くんは、ふいっとそっぽを向きながら、「だから」と声をひそめていう。

「きみがぼくのことをどう思ってるかなんて、どうでもいいんだってば……」

そのわりに、目のあたりがちょっとうれしそうなのはどういうことなの？　と今日太は思った。思ったけれど、だまっておく。いったら、二ノ丸くんがふきげんになることは目に見えているからだ。

二ノ丸《にのまる》くんのとりあつかいは、なかなかにむずかしい。それが今日太《きょうた》には、おもしろく思えてしょうがないところなのだけど。

「えーっと、なんの話してたんだっけ……あ、そうだ。ナオキの話だ」

そういえば、と急に思いだしたことがあったので、二ノ丸くんに話してみることにする。

「ちょっと前にさ」

二ノ丸くんはうつむき気味《ぎみ》に、まだそっぽを向いたままだ。

「だれもさわってないのに、ナオキの席《せき》の椅子《いす》がちょっとだけ動くのを見たんだよね。あれってなんだったたんだろー」

二ノ丸くんが、がばっと顔をあげる。

「……それ、本当《ほんとう》の話？」

「えっ？　うん。気のせいかもだけど」

二ノ丸くんは、むずかしい顔をして考えこんでしまった。

そんなに考えこむようなことをいったかな、と今日太《きょうた》が首をかしげていると、

「まさか……ね」

二ノ丸《にのまる》くんが、ぼそっとつぶやくのがきこえてきた。

「だって、名札《なふだ》は入ってなかったし……」

なにが、『まさか』なんだろう。

名札って、なんのことだろう。

今日太には、よくわからなかった。

# 黒目だけの子ども

今日太《きょうた》には、むかしから不思議《ふしぎ》に思っていることがある。

バッタの目だ。

バッタの目にはどうして白目がないのか、ずっと不思議に思っていた。

ひさしぶりに、そのことを思いだした。

「やっぱり黒い……白いところが、まったくない」

つかまえたばかりのバッタをじいっと観察《かんさつ》していた今日太は、ねえねえ、と二ノ丸《にのまる》くんを呼《よ》んだ。

「なんでなのかな」

少しはなれたところで、花壇《かだん》の花をスケッチしていた二ノ丸くんは、ふう、とため息をついた。

「……きみはいつも、そうやって主語《しゅご》をはぶいて話しかけてくるけど、ぼくは神《かみ》さまでも超能力者《ちょうのうりょくしゃ》でもないんだから、それじゃなんの話かまったくわからない」

あ、そっか、と思った今日太は、つまみあげたバッタといっしょに、二ノ丸くんのもとへと走っていった。

「これ！」

「バッタ？」

「そう。ほら、黒目だけでしょ？　なんでバッタって、白目がないのかなって」

「……そんなことを考えていたのか。スケッチもしないで、やけにじっとしていると思ったら」

ちょうどそこに、ほなちゃん先生がやってきた。

「お、二ノ丸《にのまる》、独創的《どくそうてき》な花やなー」

つられて今日太《きょうた》も、二ノ丸くんのスケッチブックをのぞきこむ。

まっ赤《か》な花が、描《か》いてあった。花というより、血《ち》しぶきのようだ。ふんふん、二ノ丸くんにも苦手《にがて》なものはあるってことだな、と今日太が納得《なっとく》していると、ほなちゃん先生に、いきなり頭をわしづかみにされた。

「で？　おまえはなにをやっとんのや、きょん太《た》。白紙《はくし》やないか」

「えっとね、バッタを描こうと思ってつかまえてたんだけど、目がさ」

「目？」

「黒いから」

「そら、バッタの目は黒やろ。種類《しゅるい》によっては黒以外《くろいがい》のもおるけども。そこらにいるやつは、たいてい黒やな」

「なんで黒目だけなの？」

「は？」

「人間《にんげん》の目は、黒目と白目にわかれてるのにさ、バッタとか、えっと……いまはちょっと思いつかないけど、虫や動物って、黒目だけのやつばっかじゃん。なんで？」

「なんでって……なんでやろな」

「知らないの？　先生」

ほなちゃん先生は、「知らん！」といいながら、なぜだかそこでふんぞりかえるように腕組《うでぐ》みをしてから、あとで調《しら》べとくわ、と小声でつけたした。

「わかったー」

「おー」

ほなちゃん先生がいってしまうと、二ノ丸《にのまる》くんが、ぼそりといった。

「黒目だけの人間《にんげん》も、いないわけじゃなさそうだけどね」

「え？」

今日太《きょうた》は、つかまえていたバッタを草むらにもどしてやりながら、二ノ丸くんのほうを見た。二ノ丸くんは、スケッチをつづけている。

「外国の有名《ゆうめい》な都市伝説《としでんせつ》に、黒目だけの子どもたちにまつわる話があるんだ」

「へえーっ、人間にもいるんだね！」

「本当にいるかどうかは、確認《かくにん》されてない。いまのところは、ただの都市伝説だから」

二ノ丸くんがそこまで話しおえたところで、今日太たちのすぐ目の前にあった草むらが、大きく動いた。

「いるらしいぜ！」

いきなり、同じクラスのエビっちゃんが飛《と》びだしてくる。

「わ、びっくりした。どこから出てくるんだよ、エビっちゃん」

海老原《えびはら》の〈エビ〉に〈ちゃん〉がついて、エビっちゃん。ごくごくシンプルなニックネームだ。ちなみに、エビっちゃん本人にエビっぽさはまったくない。チンパンジーには、ちょっとだけ似《に》ている。最近《さいきん》、メガネをかけるようになって、メガネザルみたいでかわいい、と女子の評判《ひょうばん》がいいらしい。

「切通公民館《きりどおしこうみんかん》の近くで、黒目だけの女の子どもが、立てつづけに目撃《もくげき》されてるんだって。うちのかーちゃんがいってた。うちのかーちゃん、補導員《ほどういん》の仕事《しごと》してるから。そういう情報《じょうほう》は、速攻《そっこう》で耳に入るんだよね」

「海老原《えびはら》くん」

二ノ丸《にのまる》くんが、みょうに大きな声でエビっちゃんを呼《よ》んだ。

「お、おう。なに？」

めったなことでは二ノ丸くんのほうから話しかけられることのないエビっちゃんは、ちょっとだけ、おたおたしている。今日太《きょうた》にはそれが、無性《むしょう》におかしい。

「特徴《とくちょう》って、わかる？」

「黒目だけの女の子どもの？」

「そう」

「えーっと、なんかいってたな、そういえば……あ、そうだ。黒いリュックをしょってるんだって」

「黒いリュック……」

「かなり大きめの、おとなの男の人がせおうようなやつ」

「そう」

二ノ丸《にのまる》くんは礼儀正《れいぎただ》しく、教えてくれてありがとう、といった。

「あ、いや、ど……どういたしまして？」

エビっちゃんは、どう答えればいいのかわからなかったらしい。むかしの人みたいなことをいいながら、ぺこっとおじぎをした。

今日太《きょうた》は、ひいひい笑《わら》った。

○●○

さて、とあたりをかるく見まわすと、二ノ丸瞑《にのまるめい》は、人《ひと》けのない通りをゆっくりと歩きだした。

夕方の六時をすぎているので、切通公民館《きりどおしこうみんかん》の正面玄関《しょうめんげんかん》はとっくに閉鎖《へいさ》されている。

切通公民館は、瞑《めい》の家から徒歩《とほ》で十分ほどのところにあった。選挙《せんきょ》のたびに、祖父《そふ》といっしょにおとずれている場所だ。

瞑の目的《もくてき》は、黒目だけの女の子と遭遇《そうぐう》することなので、なるべく人けのない道ばかりを選《えら》んで歩いた。遭遇型《そうぐうがた》の都市伝説《としでんせつ》に関《かん》する情報《じょうほう》を、調査《ちょうさ》するときの鉄則《てっそく》だ。遭遇型の都市伝説が、人の多い場所で生まれることはまずない。ひとりきりでいたときに、たまたま遭遇するパターンがほとんどだ。

クラスメイトの〈エビっちゃん〉の話によると、黒目だけの女の子は、おとなが使うような大きな黒いリュックをしょっているらしい。手がかりは、それだけだ。

瞑は、人けのない道を歩きつづけた。

黒いリュックをしょった子どもを、つづけてふたり見かけたものの、どちらも同じ塾《じゅく》にかよっている生徒《せいと》のようだった。あとは、サラリーマンふうのスーツすがたに、黒いリュックを片方《かたほう》の肩《かた》にかけている男の人を見かけたくらいだ。

大通りをこえ、切通町《きりどおしちょう》の北側《きたがわ》にあたる九丁目付近《ちょうめふきん》まできてしまった。円川《まどかがわ》という川にかかった赤い橋が見えている。さすがにここは公民館《こうみんかん》からはなれすぎているな、と思った瞑《めい》は、引きかえそうとして、はた、と足をとめた。

橋の向こうから、自分《じぶん》と同じくらいの背《せ》かっこうをした女の子が、ゆっくりとした足どりで歩いてくるのが見えたのだ。

瞑は引きかえすのをやめ、橋に向かった。

女の子は、橋のまんなかあたりで足をとめ、欄干《らんかん》から川をのぞきこんでいる。その背《せ》中《なか》には、大きな黒いリュックがあった。ラフな服装《ふくそう》の大学生なんかがせおっていそうな、黒一色のリュックだ。

瞑は、口もとが笑《わら》いそうになるのをがまんしながら、黒いリュックをしょった女の子のそばまで近づいていく。

「こんにちは」

となりにならんで、まずは声をかけてみる。

「こんにちは」

すっきりとしたミント味《あじ》のキャンディのような声がきこえてきた。

ちらりと相手《あいて》の横顔を見る。顔をうつむかせているために、ななめに流《なが》した前髪《まえがみ》がじゃまになって、瞑《めい》がいる位置《いち》からはその目を見ることができない。

前髪もいっしょに、あごのあたりまでのばしたショートボブがおとなっぽかった。ほっそりとした体つきも、下級生《かきゅうせい》から見れば、お姉さんらしさを感じることだろう。

ひとむかし前の女の人たちが着ていたような、クラシックな形のワンピースを着ている。色は紺《こん》。白い小花《こばな》が散《ち》らされている。上半身《じょうはんしん》はぴったりしていて、スカート部分《ぶぶん》からはAラインに広がっている。ちょうどひざがかくれる長さだ。背中《せなか》の大きな黒いリュックが、ちぐはぐに感じてもおかしくない服装《ふくそう》なのに、不思議《ふしぎ》とさまになっていた。

「ぼくは、切《き》り通《どお》し小学校の五年生で、二ノ丸瞑《にのまるめい》といいます。めいは、瞑想《めいそう》の瞑と書きます」

瞑は、いったん視線《しせん》を正面《しょうめん》にもどしてから、自己紹介《じこしょうかい》をした。うそなんかはつかない。正直《しょうじき》な自己紹介だ。

今度《こんど》もまた、すぐに返事《へんじ》があった。ただし、顔はまだ川のほうに向けられたままだ。

「わたしは、私立奥学園《しりつおくがくえん》の初等部《しょとうぶ》にかよっています。学年は、あなたと同じ五年生です」

その自己紹介《じこしょうかい》には、名前が入っていなかったので、瞑《めい》のほうからたずねてみることにした。そうすれば、今度《こんど》こそ顔をこちらに向けるかもしれない。

「名前も教えてもらっていいですか？」

「かまいませんけど……その前に、おねがいがあるんです」

そういいながら、川をのぞきこんだままだった女の子の顔が、とうとう瞑のほうを向いた。

瞑の口もとが、ひっそりと笑《わら》う。

瞑をまっすぐに見ているその目には、白目がなかった。

黒い。

まっ黒だ。

ひな人形《にんぎょう》のような和風《わふう》な目のりんかくのなかいっぱいに、黒目がある。白い部分《ぶぶん》は、どこにも見あたらなかった。

瞑は、こみあげてきそうになるよろこびをおさえながら、にこっと笑って答えた。

「おねがいって、なんですか？」

「のどがかわいたの。お水を飲めるところにつれていってくれませんか？」

頭のなかで思わず、よし！　とつぶやきそうになった。

黒目だけの子どもたち――外国では、ブラックアイドキッズと呼《よ》ばれているこの都市《とし》伝説《でんせつ》には、こんな特徴《とくちょう》がある。

彼《かれ》らはたまたま遭遇《そうぐう》したおとなたちに、家のなかに入れてほしい、とたのんだり、車に乗せてもらいたがったりするというのだ。水を飲みたい、といいだすパターンもあるらしい。

まさしく、瞑《めい》がいま対面《たいめん》している黒目だけの女の子も、水を飲みたがっている。

ここまでそろったら、黒丸《くろまる》――ホンモノ――と断定《だんてい》してしまってもいい事例《じれい》かもしれない……。

そう結論《けつろん》を出そうとしていた瞑に向かって、いきなり、まっ白な手がのびてきた。瞑の手をにぎろうとしているようだ。とっさに手を引く。

「お水、飲めるところにいきましょう」

瞑《めい》にのばしていないほうの手は、欄干《らんかん》におかれている。橋の下には、川。水が飲める場所、だ。

「すぐそばに、コンビニがあるよ」

瞑がそういうと、黒目だけの女の子は、ふるふると首を横にふった。

「お金がないの」

「ぼくが持ってる」

「わたしのお金じゃないから、使えない」

「じゃあ、ぼくのうちにくる？　水でも、緑茶《りょくちゃ》でも、紅茶《こうちゃ》でも、なんでも出せるよ」

瞑は、勝負《しょうぶ》に出た。

外国で有名《ゆうめい》な都市《とし》伝説《でんせつ》——ブラックアイドキッズでは、子どもたちの目的《もくてき》は、家のなかに入れてもらうことだったり、車に乗りこむことだったりするのだけど、遭遇者《そうぐうしゃ》たちは決まってそれを拒否《きょひ》している。受けいれた場合のその後の話は、瞑が調《しら》べたかぎりでは、ほとんど語られていない。

さあ、ぼくは受《う》けいれたぞ。どうする？

瞑《めい》は、まっ黒な目をじっと見つめた。白目がないだけで、人の顔ってこんなにも異様《いよう》な雰囲気《ふんいき》になるものなんだな、とあらためて思いながら。

同時に、うっすらとした違和感《いわかん》のようなものも感じた。

黒丸――ホンモノに遭遇《そうぐう》したときならではの、うなじのあたりがぞくっとなるような感じが、どういうわけかいまだにおとずれていない。それが急に気になってきたのだ。

瞑はまばたきもせずに、目の前にいる女の子の顔を見つめつづけた。

……この子は本当《ほんとう》に、ブラックアイドキッズなのだろうか。

「さすがね……二ノ丸瞑《にのまるめい》くん」

黒目だけの女の子は、瞑が思ってもみなかった返答《へんとう》を口にした。

さすがね、という返答は、瞑のことをあらかじめ知っていて接近《せっきん》してきた、ということを意味する。

「きみは、いったい……」

黒目だけの女の子は、右側《みぎがわ》の目に、そっと人さし指を近づけた。一瞬《いっしゅん》、どきっとなる。眼球《がんきゅう》をとりだすんじゃないかと思ったからだ。

人さし指が、ゆっくりと右側《みぎがわ》の目からはなれた。目の色が、変《か》わっている。黒目だけだった目に、白目があらわれていた。

「……コンタクトだったのか」

片方《かたほう》だけがふつうの目になった女の子は、うふ、と笑《わら》った。

「コスプレなんかに使われるアメリカ製《せい》の二十二ミリ、特注《とくちゅう》サイズのコンタクトよ」

もう片方の目からも、コンタクトレンズがとりはずされる。ごくごくふつうの、和風《わふう》な顔立《かおだ》ちをした女の子になったその子は、瞑《めい》に向かって、小さくおじぎをしてみせた。

「あらためまして、こんにちは、二ノ丸《にのまる》瞑くん。わたしの名前は、わかぎくももよ、といいます。若《わか》さの若に、お花の菊《きく》、数字の百に余分《よぶん》の余と書いて、若菊百余《わかぎくももよ》」

そういえば、顔をこちらに向かせるために、名前をたずねたんだっけ、と思いだす。

「見てのとおり、わたしはただの小学生。ブラックアイドキッズのふりをして、あなたをおびきよせたの」

若菊百余はミントキャンディの声で、すらすらとそういうと、瞑の顔をじいっと見つめてきた。コンタクトをはずしてもなお、黒目の大きさが印象的《いんしょうてき》な目だ。

「なんのために、ぼくを？」

「あなたと友だちになりたかったから」

「友だちになって、どうする？」

「あなたのおじいさまに、会わせてもらいたいの」

「なぜ？」

「提供《ていきょう》してもらいたい情報《じょうほう》があるから」

若菊百余《わかぎくももよ》は、きかれたことには次々《つぎつぎ》と答えていった。ただし、その答えがことごとく、つぎの疑問《ぎもん》を呼《よ》ぶ。

きけばきくほど、ききたいことがふえていくばかりだった。


「申《もう》しわけないが、わたしはその件《けん》に関《かん》しては、まったくかかわっていなくてね」

瞑《めい》の祖父《そふ》、二ノ丸一幻《にのまるいちげん》がそう答えると、若菊百余は、「うそです！」とさけぶようにいった。

「あなたは、あの事件《じけん》の現場《げんば》に何度《なんど》も足をはこんでいるじゃありませんか。うちによくきてくれる刑事《けいじ》さんからきいたんです！　かかわっていないなんて、おおうそよ！」

それまで行儀《ぎょうぎ》よくしていたのが演技《えんぎ》だったかのように、百余《ももよ》は激《はげ》しく、瞑《めい》の祖父《そふ》につめよっている。

祖父をうそつき呼《よ》ばわりされた瞑は、静《しず》かに深呼吸《しんこきゅう》をした。

全身《ぜんしん》の血《ち》が、すーっと冷《つめ》たくなったような気がする。本当《ほんとう》に腹《はら》が立つと、自分《じぶん》はこんなふうになるんだな、と思った。

「若菊《わかぎく》さん、ちょっといいかな」

百余が、はっとしたように瞑のほうに顔を向ける。

十人はすわれる大きなソファセットの一角《いっかく》に、彼女《かのじょ》と瞑だけがならんで腰《こし》をおろしていた。祖父は、すぐそばにおかれたひとりがけ用のソファに、足を組《く》んですわっている。

――こんなりっぱなシャンデリア、はじめて見ました。素敵《すてき》ですね。

最初《さいしょ》にこのリビングに通したときには、おしとやかな口調《くちょう》でそんなことまでいっていたというのに。

彼女《かのじょ》の豹変《ひょうへん》ぶりときたら、ちょっとした舞台女優《ぶたいじょゆう》のようだ。

「ぼくの祖父《そふ》は、たしかにあなたのお兄さんが行方不明《ゆくえふめい》になったとき、フィールドワークのため、その山にいました。警察《けいさつ》の方にも、そう証言《しょうげん》しています。ですが、それはたまたまですし、ぼくの祖父があなたのお兄さんの失踪《しっそう》になんの関係《かんけい》もないことは、当時《とうじ》の捜査《そうさ》であきらかになっています」

瞑《めい》は、ふつふつとこみあげてくる怒《いか》りをおさえながら、つとめて冷静《れいせい》に、真実《しんじつ》だけを百余《ももよ》に伝《つた》えた。

彼女はおとなしく、瞑の話をきいている。

「ですから、ぼくの祖父を、まるであなたのお兄さんの失踪にかかわっているようにいうのは、やめてもらえませんか」

瞑がそこまでいいおえたところで、祖父がゆっくりと口をひらいた。

「わたしが彼女に伝《つた》えたかったことを、うまくまとめて話してくれたね。ありがとう、瞑」

大好《だいす》きな祖父の、思慮《しりょ》深《ぶか》いまなざしが自分《じぶん》に向けられていることに気づいた瞑は、お礼《れい》なんて、と小さく首を横にふった。

――いまから四年前。

瞑《めい》がまだ、小学校に入学したばかりのころの話だ。

祖父《そふ》はその日、民俗学《みんぞくがく》の研究《けんきゅう》には欠《か》かせないフィールドワーク――調査対象《ちょうさたいしょう》の地域《ちいき》に実際《じっさい》に足をはこび、地元《じもと》の人たちの話をきいたり、その土地にしかない資料《しりょう》を読んだりして、くわしく調査することだ――をするために、N県《けん》にある小波山《さざなみやま》に足をはこんでいた。祖母《そぼ》がまだ生きていたころで、祖母とならんで、いってらっしゃい、と玄関先《げんかんさき》で手をふったことをおぼえている。

祖父が小波山のふもとの民宿《みんしゅく》に泊《と》まりながら、フィールドワークをはじめて三日目。同じ民宿に宿泊《しゅくはく》していた二十代《だい》の男性《だんせい》が、いきなりすがたを消してしまう。一週間ちかい捜索《そうさく》にもかかわらず、カメラマンは見つからなかった。

捜索と同時《どうじ》に事件《じけん》としての捜査《そうさ》もおこなわれており、同じ民宿に泊まっていた祖父も、刑事《けいじ》の事情聴取《じじょうちょうしゅ》を受《う》けている。

祖父は行方不明《ゆくえふめい》となった男性とはすれちがいつづきで、顔も名前も知らなかったため、すぐに捜査線上《そうさせんじょう》から名前を消されたはずだった。

マイクをとおしてきいているようにもきこえる、しっとりとしたいい声で、祖父《そふ》が百《もも》余《よ》に話しかける。

「若菊《わかぎく》さん、きみがわたしのことをうたがう理由《りゆう》は、あれかね？　小波山《さざなみやま》にまつわる、古くからの言いつたえ――《天狗《てんぐ》さまのお弟子《でし》とり》のせいかな」

祖父は、子ども相手《あいて》に口調《くちょう》を変《か》えたりはしない。大学で教えている学生たちにも、食事に出かけていったレストランの従業員《じゅうぎょういん》にも、まったく同じ口調で話す。

百余は、瞑《めい》の抗議《こうぎ》に少しばかり元気をなくした様子《ようす》で、顔をうつむかせたまうなずいた。

「……兄の失踪《しっそう》を調《しら》べるうちに、《天狗さまのお弟子とり》のことを知りました。どの本を読んでも、参考文献《さんこうぶんけん》としてあげられているのは、『隠《かく》された人々《ひとびと》』や、『山という名の異界《いかい》』といった、二ノ丸一幻《にのまるいちげん》著《ちょ》の本ばかりです」

どちらも祖父の代表作《だいひょうさく》だ。瞑は、読める漢字のほうが少なかったころから、辞書《じしょ》を片《かた》手《て》に何度《なんど》も読んでいる。

「その著者名《ちょしゃめい》を見て、思いだしたんです。毎年うちに、今年《ことし》もあなたのお兄さんは見つかりませんでした、と知らせにきてくださる刑事《けいじ》さんが、二ノ丸《にのまる》さん、という名前を口にしていたことを。刑事さんにたしかめたら、その二ノ丸さんは、有名《ゆうめい》な民俗学《みんぞくがく》の先生だと教えてくれました」

それで孫《まご》であるぼくに近づいてきたのか、と瞑《めい》はようやく、百余《ももよ》の目的《もくてき》を理解《りかい》した。そのために、わざわざブラックアイドキッズのふりまでしたのだから、よほど熱心《ねっしん》に、兄の失踪《しっそう》について調《しら》べているのだろう。

「きみのお兄さんは、カメラマンだったときいていますが」

祖父《そふ》からの問《と》いかけに、百余は、もとの礼儀正《れいぎただ》しい話し方にもどして、「はい、そうです」と答えた。

「兄は、都市伝説《としでんせつ》や心霊現象《しんれいげんしょう》をおもにあつかう娯楽雑誌《ごらくざっし》の新人《しんじん》カメラマンでした。小波山《さざなみやま》にも、取材《しゅざい》でおとずれていたときいています」

「おひとりで？」

「本当《ほんとう》はライターの方といっしょに向かう予定《よてい》だったそうなのですが、急病《きゅうびょう》で兄だけになったそうです。カメラマンとはいっても、簡単《かんたん》な記事《きじ》も書いていたので、ライターもかねてひとりで取材《しゅざい》をすることになったようです」

「なるほど。それで、取材することになっていたのは、先ほどきみがいっていた、《天《てん》狗《ぐ》さまのお弟子《でし》とり》かね？」

「いえ、兄が取材することになっていたのは、《タッパー女》という都市伝説《としでんせつ》でした」

「《タッパー女》？」

瞑《めい》の祖父《そふ》は、伝承《でんしょう》や言いつたえなら、知らないものはないといってもおおげさではないくらいなのだけど、新しめの都市伝説の知識《ちしき》にはムラがある。

百余《ももよ》のかわりに、瞑が説明《せつめい》した。

「四、五年前から広まりだしたといわれている都市伝説だよ。夜中《よなか》にひとりで歩いていると、主婦《しゅふ》っぽい女性《じょせい》が近づいてきて、タッパーをさしだす。『おかずが足《た》りないんです。なにかわけてもらえませんか？』といって」

「ふむ、遭遇型《そうぐうがた》の典型的《てんけいてき》なパターンだな。なにも持っていない、と答えると、なにかしらの制裁《せいさい》を加《くわ》えられる。おかずはそれでじゅうぶんですよ、と答えるか、もしくは、これでなにか買ってください、といいながらお金をわたそうとするとだまって去《さ》っていく

——そんなあたりがその後の流れだね？」

「おじいちゃんのいうとおりだよ。『おかずはもう足《た》りてるみたいですよ』と答えれば、タッパー女はだまって立ちさるけれど、それ以外《いがい》の反応《はんのう》をすると、『じゃあ、あなたの指の煮《に》こみを作るから、指をわけてください。わたしの指は、ぜんぶおかずにしてしまってもうないから』といって、タッパーの下にかくしていた指のない手を見せるらしい」

「ふむ……ずいぶんと残虐性《ざんぎゃくせい》の高い都市伝説《としでんせつ》のようだ。その《タッパー女》の発祥《はっしょう》の地《ち》が、N県《けん》のあのあたりなんだね？」

その問《と》いには、百余《ももよ》が答えた。

「はい。小波山《さざなみやま》のふもとの町で、最初《さいしょ》の目撃情報《もくげきじょうほう》が出たというので、兄たちは取材《しゅざい》に向かうことになったそうです」

「警察《けいさつ》の方からきいた話によると、民宿《みんしゅく》にやってくると、荷物《にもつ》をおいてすぐに取材に出ていってしまい、それきりもどらなかったそうだね」

「ふもとの町で兄を見かけたという人は、ひとりもいなかったそうです。なので、すぐに小波山に向かったのだろう、と」

「しかし、約《やく》一週間の捜索《そうさく》にもかかわらず、きみのお兄さんは見つからなかった。当時《とうじ》は小学生になったばかりだったきみも、いまなら、いろいろと当時のことを調《しら》べることができる。きみなりに、お兄さんの行方《ゆくえ》をさがしはじめたんだね？」

「はい……小波山《さざなみやま》のことも、たくさん調べました。そうしたら、あの山ではむかしから、人がよくいなくなった、と。そういう人たちのことを、あのあたりでは、天狗《てんぐ》の弟子《でし》にされてもどってこられなくなってしまったのだといって、あきらめるんだそうですね」

「明治《めいじ》から大正《たいしょう》にかけて、七人もの若《わか》い男性《だんせい》が立てつづけに行方不明《ゆくえふめい》になったという記《き》録《ろく》が残《のこ》っていてね。昭和の時代《じだい》に入ってからも、数人《すうにん》の失踪者《しっそうしゃ》が出ている。いずれも、《天狗さまのお弟子とり》と呼《よ》ばれ、家族《かぞく》や友人たちは、泣《な》く泣《な》くあきらめたそうだよ」

百余《ももよ》は、ひどくおびえたような顔をしながら、祖父《そふ》のほうに身《み》をのりだした。

「兄も、天狗の弟子にされてしまったのでしょうか？　だから、いまもうちに帰れずにいる……そういうことなんでしょうか」

すっきりとした一重《ひとえ》まぶたの大きな目から、ぽろぽろと涙《なみだ》がこぼれているのに気づいた瞑《めい》は、ぎょっとなった。さすがにこれは、演技《えんぎ》ではないはずだ。

あわててティッシュの箱《はこ》をとりにいき、百余《ももよ》のひざのそばにおく。

「きみのお兄さんが天狗《てんぐ》の弟子《でし》にされてしまったかどうかは、わたしには判断《はんだん》することはできない。ただ、《天狗さまのお弟子とり》のような天狗にまつわる伝承《でんしょう》や言いつたえは、日本全国《ぜんこく》、山のある土地ならどこにでもある、ということだけはいえる」

百余は、瞑《めい》がおいたティッシュの箱から数枚《すうまい》まとめてティッシュを引きぬくと、涙《なみだ》はふかずに、はなをかんだ。おとなっぽく見えていた百余が、急におさなくなったように感じる。

はなをかみながらも、百余は真剣《しんけん》な顔つきで、祖父《そふ》の話にききいっていた。

「それがなにを意味するかというとだね、山でおきた事故《じこ》や事件《じけん》というものは、総《そう》じて天狗のしわざだとされてしまうことが、むかしはとっても多かった、ということだ」

「それじゃあ、兄は……」

「事故や事件に巻きこまれてしまった可能性《かのうせい》が高いように、わたしは思う。それと同時《どうじ》に、彼自身《かれじしん》の意思《いし》で、消息《しょうそく》を絶《た》ったという考え方も――」

百余は、先まわりするようにしていった。

「刑事《けいじ》さんも、同じことをいいました。お兄さんが自分《じぶん》ですがたを消した可能性《かのうせい》も、なくはないって。これだけ調《しら》べて、手がかりひとつないということは、本人が足跡《そくせき》を消してしまったからかもしれないって」

いつのまにか、百余《ももよ》は泣《な》きやんでいた。しっかりと見ひらいた目で祖父《そふ》を見ながら、おちついてしゃべっている。

「歳《とし》がはなれていた兄は、わたしにとって父親代《ちちおやが》わりでした。わたしたちきょうだいは、早くに両親を事故《じこ》でなくしています。伯母《おば》に育てられたのですが、兄はいつでも、わたしにやさしかった……」

やさしかった、というとき、見えない兄が目の前にいるような顔をした百余は、そこでいったん話すのをやめ、ふう、と息つぎするように深呼吸《しんこきゅう》をした。

「もちろん、伯母もやさしい人ですし、とてもたよりになります。それでも、やっぱり兄の存在《そんざい》は大きかったんです。だけど、兄にとっては、そんなわたしが重たい荷物《にもつ》のように思えていたのかも――」

そこまでいっきにしゃべった百余は、急にだまりこんで、きっ、と祖父をにらみつけた。

「……こうやって誘導《ゆうどう》するんですね、二ノ丸教授《にのまるきょうじゅ》。やっぱり、わたしの考えたとおりでした。わたし、気がついたんです。あなたの著書《ちょしょ》には、不自然《ふしぜん》な部分《ぶぶん》が多すぎます。天狗《てんぐ》のしわざといわれているもののほとんどは、じつはそうではなかったのかもしれない、と読者に思いこませようとしている部分が多すぎるんです！」

瞑《めい》は、あっけにとられた。

いったいこの子はなにをいいだしたんだろう、と百余《ももよ》の横顔《よこがお》をぼうぜんとながめる。

百余は、戦《たたか》うべき敵《てき》を目の前にした戦士《せんし》のような顔をしていた。

「二ノ丸教授、あなたはきっと、天狗たちと通《つう》じているのでしょう。だから、自分《じぶん》の立場《たちば》を利用《りよう》して、彼《かれ》らをかくそうとしている。ちがいますか？」

祖父《そふ》は、にくむように自分を見ている百余を、おだやかなまなざしで見つめかえしている。

「……わたしは、人々とともに長いときを生きてきた、〈伝承《でんしょう》や言いつたえのなかの天狗たち〉のことなら、だれよりもくわしく知っている。それを、天狗たちと通じている、というのなら、そうなのかもしれないね」

なぜだか祖父《そふ》は、百余《ももよ》のいうことをはっきりと否定《ひてい》はしないで、あいまいな答え方をした。

「あなたは、小波山《さざなみやま》の天狗《てんぐ》たちのすみかを知っているのでしょう？　おねがいします、二ノ丸教授《にのまるきょうじゅ》。教えてください、わたしの兄がいる場所を！」

「いいかね、若菊《わかぎく》さん。たとえ本当《ほんとう》にあなたのお兄さんが天狗の弟子《でし》として働《はたら》いているのだとしても、われわれがその場所をさがしだすことはできないのだよ。天狗のすみかというのは、人のほうからは決《けっ》して近づくことのできない場所にあるのだから」

「うそ！　あなただったら、さがしだせるんでしょう？　意地悪《いじわる》しないで、教えてください！」

組《く》んでいた足をほどくと、祖父は深々《ふかぶか》と百余に向かって頭をさげた。

「申《もう》しわけないが、それはできない」

それから、瞑《めい》に向かっていった。

「若菊《わかぎく》さんを、送っていってあげなさい」

とっくに日は暮《く》れて、西の空のほうだけが、うっすらとオレンジ色を残《のこ》していた。

百余《ももよ》はだまりこんだまま、瞑《めい》のとなりを歩いている。

伯母《おば》とふたりで暮らしているマンションは、となり町の末枝町《まつえだまち》にあるのだという。

「どうやって切通町《きりどおしちょう》まできたの？」

「バス……」

「橋のところにあるバス停《てい》でだいじょうぶ？」

「ええ」

すっかり元気のなくなってしまった百余を、瞑はどうなぐさめればいいのかわからない。ただ、あなたは天狗《てんぐ》と通《つう》じているにちがいない、と百余から責《せ》められたとき、どうして祖父《そふ》がちゃんと否定《ひてい》しなかったのかは、わかるような気がした。

あそこできっぱりと、自分《じぶん》は天狗たちと通じてなんかいない、と答えてしまったら、この女の子の逃《に》げ道《みち》をうばうことになる。祖父は、そう考えたのではないだろうか。

自分《じぶん》の兄は天狗《てんぐ》の弟子《でし》にされて、いまも小波山《さざなみやま》のどこかにいる。そう信《しん》じることで百《もも》余《よ》は、兄はいまも生きている、と安心したがっているようだったし、自分の意思《いし》でいなくなったのかもしれない、という疑《うたが》いをかき消そうとしているようにも見えた。

瞑《めい》ですらそう思ったのだから、あの祖《そ》父《ふ》が気づかなかったはずがない。

祖父は百余のために、悪者《わるもの》になったのだ。

「送ってくれて、ありがとう」

橋《はし》の手前《てまえ》にあるバス停《てい》までやってくると、百余は顔をうつむかせたまま、ぼそりとお礼《れい》をいった。

「若菊《わかぎく》さん」

瞑が呼《よ》びかけても、その顔はふせられたままだ。

「祖父は、話がこんがらがらないように、ホンモノとしか思えない天狗の情報《じょうほう》については話さなかったけれど、ごくわずかではあるものの、天狗のしわざとしか思えない伝承《でんしょう》や言いつたえも、ちゃんとあるよ」

「……知ってる。二《に》ノ《の》丸教授《まるきょうじゅ》の本を読めば、あきらかなニセモノもあれば、ホンモノとしか思えないものもあるってことが、ちゃんとわかるようになってるもの」

わかっていて、あんなふうにぼくの祖父《そふ》を責《せ》めたのか、と瞑《めい》がむっとしていると、百《もも》余《よ》がやっと顔をあげた。

いつのまにコンタクトをつけたのか、百余はふたたび、ブラックアイドキッズ──黒目だけの女の子になっていた。

「わかっていて、わたしは教授《きょうじゅ》に会いにいったの。その意味が、わかる？」

白目のないまっ黒な百余の目が、瞑を試《ため》すように、じっと見つめている。

「小波山《さざなみやま》の《天狗《てんぐ》さまのお弟子《でし》とり》は、数少《かずすく》ないホンモノだって信《しん》じているから──だろ？」

「そのとおり。そして、あなたのおじいさまは、ただの民俗学者《みんぞくがくしゃ》じゃない。実際《じっさい》に天狗に会って話をきいたこともある、ホンモノの民俗学者なんだと思う。そうでなければ、『隠《かく》された人々《ひとびと》』や、『山という名の異界《いかい》』ほどの本を書けるはずがないもの」

どきっとした。

たしかに祖父には、百余がいったようなところがあるのだ。

百余《ももよ》はおそらく、当《あ》てずっぽうでそんなことをいっただけなのだろう。二ノ丸一幻《にのまるいちげん》の著書《ちょしょ》から受《う》けた印象《いんしょう》で、感じたことをいっているだけだ。

瞑《めい》はちがう。

瞑は、家族《かぞく》としてともに暮《く》らしているなかで、そう思うようになっていったのだ。自分《じぶん》の祖父《そふ》は、ただの民俗学者《みんぞくがくしゃ》ではないのかもしれない。一般的《いっぱんてき》な民俗学者よりも、もっとずっと深いところまで入りこんで、いまもこの世《よ》に残《のこ》されている伝承《でんしょう》や言いつたえを調査《ちょうさ》している、特別《とくべつ》な人なのではないだろうか、と。

瞑にとって、祖父である二ノ丸一幻自身《じしん》が、不思議《ふしぎ》のかたまり――この世《よ》のものであってそうではない、都市伝説《としでんせつ》のような存在《そんざい》なのだった。

祖父は瞑に、よけいなことはなにも語らない。

瞑も、おじいちゃんは本当《ほんとう》はただの民俗学者《みんぞくがくしゃ》じゃないんでしょ？　なんてきいたりはしない。

なぞは自分《じぶん》で調《しら》べて、とくものだ。

きいて答えを教えてもらうものではない。

瞑《めい》が都市伝説《としでんせつ》を調査《ちょうさ》するようになったのは、さまざまな不思議《ふしぎ》な現象《げんしょう》の正体《しょうたい》を調《しら》べつづけることで、なにがホンモノで、なにがニセモノなのかを見わけられる力をつけたかったからだ。

いつかは自分にも、『隠《かく》された人々《ひとびと》』や、『山《やま》という名の異界《いかい》』のような本が書けるくらいの力がそなわるかもしれない。

そのときにはきっと、祖父《そふ》——二ノ丸一幻《にのまるいちげん》のなぞも、とくことができるようになっているはずだ。

だから、瞑は都市伝説を調べつづけている。

百余《ももよ》とふたり、ならんで待《ま》っていたバス停《てい》に、乗客《じょうきゃく》の少ない古ぼけた赤いバスがやってきた。

百余は、ブラックアイドキッズのまま、乗りこんでいく。なにも知らない乗客のだれかが、そのまっ黒な目に気づくかもしれない。気づけばだれかにしゃべるだろう。SNSでもつぶやくだろう。そうしてうわさはつづいていく。

タラップの途中《とちゅう》で、百余の背中《せなか》がくるっとふりかえった。

瞑《めい》をまっすぐに見て、きっぱりと告《つ》げる。

「わたし、あきらめないから」

瞑はなにも答えないまま、小さく頭をさげた。

バスの扉《とびら》がしまる。

排気《はいき》ガスを残《のこ》して、古ぼけた赤いバスは走りさっていった。

あたりはすっかり暗《くら》くなっている。暗がりのなかから、この世《よ》のものではないなにかがはいだしてきても、おかしくはないくらいの暗さだ。

瞑は、きびすをかえして歩きだした。

曲《ま》がりくねった長い坂《さか》の上、切りたった崖《がけ》の上にぽつんと、明《あ》かりが見えている。

祖父《そふ》が待つ家の明かりだ。

あの明かりのなかで、祖父が自分《じぶん》の帰りを待っている。

○●○

今日太《きょうた》は、きのう描《か》いたスケッチブックのバッタの絵を二ノ丸《にのまる》くんに見せながら、〈どうして人の目には白目があるのか〉を話しはじめた。

「ちょっとびっくり情報《じょうほう》なんだけど、おおむかしには、このバッタみたいに、人の目にも白目がなかったんだって！　どうしてかっていうと、白目が見えてると、どこを見てるかわかっちゃうでしょ？　そうすると、人を獲物《えもの》として狙《ねら》ってる動物に、自分は狙われてることに気づいてますよーって教えることになっちゃうからなんだって」

ついさっき職員室《しょくいんしつ》で、ほなちゃん先生からきいてきたばかりの話を、わすれないうちにと二ノ丸くんに話してきかせる。

ほなちゃん先生が教室にくるまでに話しおわらなくちゃいけないから、いつもより少しだけ早口《はやくち》だ。

「でもね、そのうち人は集団《しゅうだん》で狩《か》りをするようになったから、今度《こんど》は白目がないと不便《ふべん》に感じるようになっていったんだって。なんでだかわかる？　アイコンタクトするためなんだって！　『よし、まずはおまえいけ！』『えっ？　オレ？　オレがいくの？』『おまえがいちばん近くにいるんだから、おまえがいくのが自然《しぜん》だろ！』『わ、わかった、オレがいくよ……』みたいなやりとりをさ、しゃべらないでも目だけでわかりあいながら、みんなでチームを組《く》んで獲物《えもの》を捕《と》ってたってわけ」

二ノ丸《にのまる》くんとは席《せき》がとなり同士《どうし》なので、今日太《きょうた》は自分《じぶん》の席にすわったまましゃべっていたのだけど——、

「それだけじゃないらしいぜ！」

今日太のふたつ前の席のエビっちゃんが、いきなり顔をうしろに向けて、大きな声でいった。

「わ、びっくりした。なんだよ、エビっちゃん。エビっちゃんもきいてたのかよ」

今日太もびくっとなったけど、今日太とエビっちゃんのあいだにはさまれた席《せき》の女子も、気《き》の毒《どく》なくらい、びくっとなっていた。

「オレもあのあと気になって、図書館いって調《しら》べてきたんだ」

生活《せいかつ》スタイルの変化《へんか》にともない、眼球《がんきゅう》の動き方が変《か》わったことも、人の目に白目ができた原因《げんいん》のひとつだと、エビっちゃんはつけ足《た》してくれた。視野《しや》を広くするために、人の目には白目が必要《ひつよう》になったのだ。

「いまいちよくわかんなかったのは、どうやって白目を作ったのかってことなんだけど……」

腕組《うでぐ》みをして、首を大きく横にかたむけたエビっちゃんに向かって、今度《こんど》は今日太が、「知ってる！」と大きな声を出した。

前の席《せき》の女子がまた、びくっとなっている。

「黒目しかないように見える動物とか虫とかにも、人の白目にあたる部分《ぶぶん》はちゃんとあるんだって。ただ、人とちがって白色化《はくしょくか》っていうのをしてないから、白目の部分《ぶぶん》に黒い色がかぶさった状態《じょうたい》になってるだけなんだってさ」

「じゃあ、人の白目は、本当はかくれてるはずの部分《ぶぶん》が、むきだしになってるってことか！」

「だな！」

黒目の情報《じょうほう》、コンプリートだった。

席が近かったら、手のひらと手のひらをぱちんとやって、いえーい、とやっているところだ。

こんなときこそあれか！　白目でアイコンタクトか！　と思った今日太《きょうた》は、エビっちゃんに向かって、目をぱちぱちさせた。

すぐにエビっちゃんも、目をぱちぱちしてくる。

アイコンタクト成功《せいこう》だ。

人間同士《にんげんどうし》ならではの、白目のある目での会話を今日太とエビっちゃんは成功させた。

そんな今日太のかたわらで、ぼそっと二ノ丸《にのまる》くんがいう。

「……勉強《べんきょう》になったよ」

「ん？　勉強？」

「黒目について、そんなに深く考えてみたことがなかった。はじめて知ることばかりで、とても興味深《きょうみぶか》かったよ」

「おーっ、二ノ丸くんにほめられた！」

もの知りな二ノ丸くんから、勉強になった、なんていわれることは、めったにないことだ。

すっかり調子《ちょうし》にのった今日太は、二ノ丸くんにもアイコンタクトをこころみてみた。

『またなんかおもしろい情報《じょうほう》をキャッチしたら、すぐ教えるからね！』

いくら今日太《きょうた》が目をぱちぱちさせても、二ノ丸《にのまる》くんは無反応《むはんのう》だ。あげくは、不思議《ふしぎ》そうに首を横にかしげながら、こんなことまでいってくるのだった。

「なんなの？　目にゴミでも入った？」

残念《ざんねん》ながら、二ノ丸くんとのアイコンタクトには失敗《しっぱい》したようだった。

# まぼろしのプラネタリウム

すごいけど、こわい——。

今日太《きょうた》の、宇宙《うちゅう》に対《たい》するイメージだ。

だって、宇宙を見るのに、特別《とくべつ》な道具なんてなにもいらない。夜になって空を見あげれば、宇宙はもう、そこにある。

ブラジルやエジプトみたいに遠いところにある国を見るには、飛行機《ひこうき》に何時間も乗ってそっちまでいかないといけないのに、宇宙なんかもっと遠くにあるくせに、見あげればいつだって見ることができる。

まず、そこがすごい。

こわい、と思うのは、自分《じぶん》を地面《じめん》にくっつけてくれている地球《ちきゅう》の引力《いんりょく》がなかったら、あのまっ暗《くら》な宇宙にまっさかさまにおちていってしまうところだ。

まっ暗な宇宙におっこちてしまったら、と思うと、ぞーっとなる。

ぽつんとひとり、だれもいない宇宙に浮《う》かんでいる自分。

こわい。

たのまれたっていきたくない、と思う。

宇宙飛行士《うちゅうひこうし》になりたい、といっている友だちは、いまのところ今日太《きょうた》のまわりにはいないけれど、もし今後《こんご》あらわれたら、やめときな？　っていってしまうかもしれない。

「ねえ、小泉《こいずみ》くん」

ふたりがけのシートにならんですわっていた二ノ丸《にのまる》くんが、ちょっとだけ首をかしげるようにして、今日太の顔をのぞきこんでくる。

「そんなにこわいんだったら、いくのやめてもいいんだよ？」

「え？　なんでやめんの？　やめないよ？」

「だって、さっきからきみ、宇宙はすごいけどこわいって話しかしてないじゃない」

よくいく八百屋《やおや》のおじさんから、となり町にあるプラネタリウムの無料入場券《むりょうにゅうじょうけん》をもらったのは、今週《こんしゅう》の水曜日のことだった。

「最近《さいきん》、小学生の来場者《らいじょうしゃ》が少ないのが館長《かんちょう》のなやみの種《たね》なんだってさ。きょんちゃんも、いってやってくんない？」

そういって子ども用のチケットを、二枚《まい》くれた。

館長《かんちょう》からはかなりの枚数《まいすう》のチケットをもらったのだけど、お客さんにどんどん配《くば》っていたら、残《のこ》り二枚《まい》になったのだそうだ。

もっとたくさんあったら、いつもいっしょに遊んでいるみんなに声をかけただろうけど、たった二枚なら、誘《さそ》うのは自動的《じどうてき》に二ノ丸《にのまる》くんになる。

チケットをもらった翌日《よくじつ》、さっそく今日太《きょうた》は、授業《じゅぎょう》のあいまに二ノ丸くんを誘った。

「ねえねえ、二ノ丸くん。あさっての土曜日って、なんか用事ある？」

「土曜日？　とくに用事はないけど……なに？」

「プラネタリウムのタダ券《けん》もらったんだけど、いっしょにいかない？」

「プラネタリウムというと、末枝町《まつえだまち》にある〈みんなのプラネタリウム館〉のこと？」

「そうそう、末枝町にむかしからあるやつ」

「……あそこには、そろそろいかなくちゃと思ってたんだ」

「お、そうなの？　じゃあ、ちょうどいいじゃん。いこいこ！」

――というわけで、今日太はいま、バス停《てい》で待《ま》ちあわせをした二ノ丸くんといっしょに、となり町にある〈みんなのプラネタリウム館〉に向かっているところなのだった。

たしかに、バスに乗るなり今日太《きょうた》は、「宇宙《うちゅう》ってさあ」といいだし、そこから二ノ丸《にのまる》くんが、「ねえ、小泉《こいずみ》くん」と口をひらくまでのあいだ、ひたすら宇宙のどこがすごくて、なにがこわいのかを話しつづけていた。

そんなにこわいんだったら、いくのやめてもいいんだよ？　と二ノ丸くんがいってきたのも、当然《とうぜん》といえば当然だったかもしれない。

「ホンモノのおばけはこわくても、お化《ば》け屋敷《やしき》ってこわくないじゃん？　それといっしょで、ホンモノの宇宙はこわいけど、プラネタリウムはオレ、まったくこわくないんだよねー」

二ノ丸くんなりに、心配《しんぱい》してくれていたらしい。

今日太がそう説明《せつめい》すると、心配したぼくがばかだった、というように二ノ丸くんは、ふいっと窓《まど》のほうに顔を向けてしまった。

末枝町《まつえだまち》には、末枝研究都市《けんきゅうとし》という別名《べつめい》がある。

大学や企業の研究所《けんきゅうじょ》が、たくさん集まっているからだ。末枝町《まつえだまち》に研究所を作ると、行政機関《ぎょうせいきかん》から補助金《ほじょきん》をもらえた時期《じき》があるらしい。

山と田畑《たはた》しかなかった末枝町は、みるみるうちに広い道路《どうろ》と近未来風《きんみらいふう》の建物《たてもの》とで、SF映画《えいが》のセットのような町になっていったそうだ。

今日太《きょうた》たちは、むかしの末枝町のことは知らない。SF映画のセットのような町なみこそが、今日太たちの知っている末枝町の光景《こうけい》だ。

〈みんなのプラネタリウム館〉には、日本最大級《さいだいきゅう》の投影機《とうえいき》があるらしく、入場料《にゅうじょうりょう》がちょっとばかり高い。子ども料金《りょうきん》でも、そこそこの値段《ねだん》はする。無料入場券《むりょうにゅうじょうけん》でもなければ、子ども同士《どうし》で遊びにいこう、とは、なかなかならない。

「おーっ、すっげ！　宇宙船《うちゅうせん》じゃん、宇宙船！」

受付《うけつけ》を通って、エントランスに一歩足をふみいれると、そこはもう宇宙船のなかのようになっていた。

「二ノ丸《にのまる》くん、見て！　窓《まど》の外、地球《ちきゅう》が見える！」

宇宙船の窓をまねて作られたニセモノの窓は、宇宙から見た地球の画像《がぞう》がのぞけるようになっていた。

裏側《うらがわ》から光が当《あ》ててあるらしく、漆黒《しっこく》の宇宙《うちゅう》に地球《ちきゅう》だけがぼうっと浮《う》かびあがるように光っていて、とてもきれいに見える。

「宇宙船《うちゅうせん》から地球見ると、こんな感じなのかなー」

「人生観《じんせいかん》が変《か》わるっていうよね。宇宙飛行士《うちゅうひこうし》の人たちによると」

「じんせいかん?」

「人の一生《いっしょう》に関《かん》する考え方のこと」

「あー、その人生観。へーっ、変わるんだ。やっぱこわいね、宇宙! 人生観改造光線《じんせいかんかいぞうこうせん》とか飛《と》びかってんのかな」

「……きみは本当《ほんとう》に、いちいち変《へん》なことを考えるね」

エントランスの奥《おく》は、うす暗《ぐら》いホールになっていた。宇宙に関する資料《しりょう》の展示《てんじ》スペースのようだ。プラネタリウムの上映《じょうえい》時間まで、まだ三十分くらいあったので、見てまわることにした。

土曜日だというのに、人が少ない。数《かぞ》えるほどしか、客のすがたがなかった。

うす暗《ぐら》いホール内《ない》の壁《かべ》には、水族館《すいぞくかん》の水槽《すいそう》のように、青白い光の枠《わく》がならんでいる。

枠のなかには、太陽系《たいようけい》の天体《てんたい》が、最初《さいしょ》に見た地球《ちきゅう》のように光っていた。

「うお、木星《もくせい》でかっ！」

八つの天体を大きさ順《じゅん》にならべてある展示《てんじ》のところまできた今日太《きょうた》は、うっかり大声を出してしまった。

しん、としていたホール内に、今日太の声がひびきわたる。すると、

「しっ」

ふたつの声が、まったく同時《どうじ》に今日太をしかった。

ひとつは、今日太の右側《みぎがわ》に立っていた二ノ丸《にのまる》くんの声。

もうひとつの声は、今日太の左側からきこえてきたようだ。

今日太は、くるっと顔を左に向けた。

「……ん？」

そこにいたのは、会ったことのない女の子だった。今日太の左どなりに立ち、太陽系の八つの天体を大きさ順にならべた展示を、すました顔でのぞいている。

歳《とし》は同じくらいに見えるけれど、前髪《まえがみ》ごとのばしたあごまでの長さのショートボブが、ちょっとだけおとなっぽい。おばあちゃんが着るような丈《たけ》が長めのワンピースに、ひもで結《むす》ぶタイプの革靴《かわぐつ》をはいている。なんとなく、昭和《しょうわ》の時代《じだい》の子どもみたいだった。

背《せ》かっこうから、最初《さいしょ》は同じクラスの女子かと思ったのだけど、こんな子は今日太《きょうた》たちのクラスにはいない。

左側《ひだりがわ》に顔を向けていた今日太の頭のうしろから、二ノ丸《にのまる》くんが突然《とつぜん》、「きみか」といった。

「ん?」

今度《こんど》は右に、くるっと顔を向ける。

二ノ丸くんは、今日太のほうに体の向きを変えていた。それなのに、目があわない。

二ノ丸くんは、今日太の左どなりにいる女の子のほうを見ているようだった。

「どうしてきみがここに?」

「わたし、週末《しゅうまつ》はいつもここにきているの。天体観測《てんたいかんそく》が趣味《しゅみ》だから。うちも近いし」

おっ、しゃべった、と思い、ふたたび顔を左に向けなおす。

女の子のほうも、体の正面《しょうめん》を今日太《きょうた》のほうに向けていた。こちらも、目はあわない。

今日太の向こう側《がわ》にいる二ノ丸《にのまる》くんを見ている。

「あなたこそ、どうしてここに？」

「無料入場券《むりょうにゅうじょうけん》をもらったから」

「それだけ？」

「それだけって？」

「ただ観《み》にきたわけじゃないんでしょ、ここのプラネタリウムを」

知らない女の子と二ノ丸くんは、今日太をあいだにはさんで、ふたりだけでしゃべりだしてしまった。

「はい、そこまでー」

今日太はふたりに向かって、それぞれ、右と左の手のひらをつきだしてみせた。

「勝手《かって》にしゃべんないの。知らない人がいるときは、まずは自己紹介《じこしょうかい》からでしょ」

今日太は、女の子に向きあった。

「オレは、二ノ丸くんと同じクラスの小泉今日太《こいずみきょうた》。そっちは？」

木星
JUPITER

いきなり名のられて、女の子はちょっとびっくりしたようだ。

ひな人形《にんぎょう》のような、すっきりしているのに丸くて大きな目が、さらに丸くなっている。

「し、私立奥学園《しりつおくがくえん》の、初等部《しょとうぶ》五年生、若菊百余《わかぎくももよ》……」

「奥学園？　へーっ、頭いい人がいく学校だ。ふんふん。それで？」

それで？　といいながら、今日太《きょうた》は二ノ丸《にのまる》くんをふりかえった。今度《こんど》は、二ノ丸くんと向かいあうかっこうになる。

「『それで？』って？」

「若菊さんは、二ノ丸くんの友だちなの？　なんなの？」

「……知りあい、かな」

「なんの知りあい？」

二ノ丸くんは、なにやら答えにくそうにしている。すると、若菊さんが代《か》わりに答えた。

「わたし、二ノ丸くんのおじいさまの本のファンなの。その関係《かんけい》の知りあいよ」

「へーっ、教授《きょうじゅ》の！　オレも教授は大好《だいす》きだけど、本は読んだことないなー」

「あら、どうして？　あんなにおもしろいのに」

「だって、教授《きょうじゅ》の本って漢字だらけじゃーん」

「漢字がわからないなら、辞書《じしょ》で調《しら》べながら読めばいいじゃない」

「あっ、それ知ってる。パンがないなら、お菓子《かし》を食べればいいじゃなーい、だ」

「は？」

若菊《わかぎく》さんと二ノ丸《にのまる》くんが、まったく同時《どうじ》に「は？」といったので、ステレオできく音みたいになった。

「知らない？　マリーなんとかっていうお姫《ひめ》さまの名《めい》ゼリフ。自分《じぶん》の贅沢三昧《ぜいたくざんまい》のせいで国が貧乏《びんぼう》になっちゃって、おなかがすいたーって怒《おこ》りだした人たちに向かっていったっていう」

若菊さんは困惑《こんわく》した様子《ようす》のまま、「マリー・アントワネットのそのエピソードは知っているけれど……」といった。

「たしかそれって、史実《しじつ》じゃなかったんじゃないかしら」

「そうなの？　オレもテレビでやってたのを観《み》ただけだからよく知らないけど。っていうか、似《に》てなかった？　そのセリフと、さっき若菊さんがいったやつ」

「『漢字がわからないなら、辞書《じしょ》を調《しら》べながら読めばいいじゃない』のこと？」

「そうそう」

「どうしてそこから、フランス革命《かくめい》の話が出てきたの？」

「ん？　とくに意味《いみ》はないけど？　なんか似《に》てたなーって思ったからいっただけ」

若菊《わかぎく》さんは、え？　という顔をしている。いろいろきいてはみたけれど、結局《けっきょく》、意味《いみ》がわからなかった、というように。

そんな若菊さんに向かって、二ノ丸《にのまる》くんがいった。

「彼《かれ》のいうことは、いちいちまじめに考えなくていいから」

「……あなたの友だちなのよね？」

「ちがう。ただのクラスメイトだ」

またいってるよ、と今日太《きょうた》はちらっと二ノ丸くんの顔を横目《よこめ》で見る。

どういうわけか二ノ丸くんは、いまだに今日太のことを、友だちじゃない、といいたがるのだ。

そんなの、すぐにうそだってばれるのに。

羽田《はだ》オサムは、あす、この末枝研究都市《まつえだけんきゅうとし》を去《さ》ることになっている。
大学院《だいがくいん》を卒業後《そつぎょうご》、二十四歳《さい》で入所《にゅうしょ》した宇宙工学関連《うちゅうこうがくかんれん》の研究所《けんきゅうじょ》を、わずか二年で退所《たいしょ》することになったのだ。

理由《りゆう》は、朝、おきられなくなったから。

ばかみたいな理由だと、オサム自身《じしん》も思う。両親《りょうしん》などは激怒《げきど》していて、実家《じっか》には帰ってくるなといわれてしまったほどだ。

おきられなくなったのは、期待《きたい》されたほどの成果《せいか》を、いつまでたっても出せなかったからだった。

日《ひ》に日《ひ》に、研究所での居場所《いばしょ》がなくなっていくような気がした。最初《さいしょ》はやさしかった先輩《せんぱい》や所長《しょちょう》たちが、いつしか冷《ひ》ややかな目で自分《じぶん》を見ていることに気づいたとき、激《はげ》しい腹痛《ふくつう》を感じたのが、はじまり。

やがて、朝がくると決まって腹痛《ふくつう》をおこすようになり、研究所《けんきゅうじょ》にかようことができなくなった。

ほとんど逃《に》げだすように、研究所を辞《や》めることになったとき。

ああ、これで本当《ほんとう》に自分《じぶん》はもう、宇宙《うちゅう》とはなんの関係《かんけい》もない人間《にんげん》になってしまうんだな、とオサムは思った。

子どものころからの夢《ゆめ》。

それは、宇宙飛行士《うちゅうひこうし》。

頭のよさでは、だれにも負けたことがなかったオサムにとって、宇宙飛行士は決して遠い夢ではなかった。トップレベルの難関校《なんかんこう》といわれていた私立《しりつ》中学にも合格《ごうかく》し、高校、大学、大学院《だいがくいん》と、希望《きぼう》どおりの道を歩みつづけ、さあ、宇宙飛行士になるための第一歩《だいいっぽ》をふみだすぞ、となったとき、はじめての挫折《ざせつ》がオサムにおとずれる。

就職《しゅうしょく》を希望《きぼう》していた、航空宇宙開発機関《こうくううちゅうかいはつきかん》の試験《しけん》におちてしまったのだ。

そこに就職できなかったからといって、宇宙飛行士への道がとざされてしまうわけではなかった。それどころか、まったく別《べつ》の専門職《せんもんしょく》から宇宙飛行士の募集《ぼしゅう》に応募《おうぼ》し、宇宙に旅立っていく人のほうが一般的《いっぱんてき》なほどだ。

ただし、それにはかなりの年月、宇宙《うちゅう》とは直接《ちょくせつ》の関係《かんけい》がない職業《しょくぎょう》を選択《せんたく》して働《はたら》く必要《ひつよう》がある。

オサムには、とてもそんなことはできそうになかった。ほんの少しのむだもなく、宇宙にかかわる仕事《しごと》をしながら、宇宙飛行士《うちゅうひこうし》をめざしたかったのだ。

希望《きぼう》していた航空宇宙開発機関《こうくううちゅうかいはつきかん》への就職《しゅうしょく》に失敗《しっぱい》したオサムは、ひどく無気力《むきりょく》になった。宇宙飛行士になりたい、という思いすら、しぼんでしまったようだった。

失意《しつい》のなか、かろうじて宇宙にかかわることができる宇宙工学関連《うちゅうこうがくかんれん》の研究所《けんきゅうじょ》への就職がかなったのは、大学院《だいがくいん》のときにお世話《せわ》になった担当教授《たんとうきょうじゅ》のおかげだった。

たとえ望《のぞ》んでいた進路《しんろ》ではなくても、宇宙にかかわる仕事ができるだけでもしあわせじゃないか――。

そんなふうに、気持ちをきりかえられていたらよかった。

そうできなかったオサムは、こんなのは自分《じぶん》が望んでいた未来《みらい》じゃない、と思いながら、あたえられたことをただやるだけの毎日をすごしつづける。

そうして、二年もたつのに自分《じぶん》ひとりではなにをすればいいのかもわからないような、研究所一《けんきゅうじょいち》のお荷物研究員《にもつけんきゅういん》になってしまったのだった。

ひっこしの準備《じゅんび》はもうすんだ。

あしたトラックがむかえにきたら、そう多くもない荷物といっしょに、この末枝研究《まつえだけんきゅう》都市《とし》から出ていく。

実家《じっか》のある街《まち》でもなく、思い出のある街でもない、まったく知らない街に借《か》りたマンションの一室に、たいして大切なものもない荷物といっしょにはこばれていくのだ。

最後《さいご》に、なにか思い出を作ろう、と思った。

そうしてやってきたのが、〈みんなのプラネタリウム館〉だ。

チケットを買い、宇宙船《うちゅうせん》の内部《ないぶ》を思わせるエントランスを通りぬける。

うす暗《ぐら》い展示《てんじ》ホールのなかをぶらぶらと歩いていると、「うお、木星《もくせい》でかっ」とさけぶ子どもの声がきこえてきた。

見れば、小学校高学年と思われる男の子がふたりと女の子がひとり、なかよさそうに展示ケースのなかをのぞきこんでいる。

オサムはふと、自分《じぶん》が子どもだったころのことを思いだした。自分にも、あんなふうにいつもいっしょに遊んでいた大好《だいす》きな友だちがいたっけな、と。

田中シン。小学校の四年生のときに転入《てんにゅう》してきた、アメリカ育ちの帰国子女《きこくしじょ》だった。日系二世《にっけいにせい》のシンの祖父《そふ》が元宇宙飛行士《もとうちゅうひこうし》なことを知ったオサムは、自分でもびっくりするくらい、積極的《せっきょくてき》にシンに話しかけた。日本語がうまく話せなかったシンのために、英語《えいご》の勉強《べんきょう》までしたくらいだ。

いつしか無二《むに》の親友《しんゆう》となったオサムとシンは、同じ中学を受験《じゅけん》しようと約束《やくそく》するほどきずなを深めたのに、五年生の終《お》わりごろに、ひどいケンカをしてしまった。

シンとは、それっきりだ。

そのケンカが原因《げんいん》だったのかどうかはわからないけれど、シンはオサムと同じ中学は受験しなかったので、小学校を卒業《そつぎょう》したあとは、顔も見ていない。

オサムにとって、あれほど親《した》しくつきあうことができた友だちは、二十六年間の人生のなかで、シンだけだった。

あのとき、あんなことでケンカなんかしなければ――。

わすれていた後悔《こうかい》が、ひさしぶりによみがえってきた。

シンとのケンカの原因《げんいん》は、そう……いまいるここ、プラネタリウムにまつわるうわさ話だった。


「まぼろしの回？　そんなのがあんの？」

木星《もくせい》の大きさにおどろきの声をあげていた男の子が、またもや大声を出した。思わず、はっとなる。その声の大きさではなく、口にした内容《ないよう》に、オサムは気《き》を引《ひ》かれていた。

「ねえ、きみ」

気がついたときには、声をかけてしまっていた。

活発《かっぱつ》そうな顔をした男の子が、ぱっ、とオサムのほうを見る。

「オレのことですか？」

「あ、ああ……うん、ちょっとききたいことがあって」

「アンケートですか？」

「いや、そうじゃないんだけど」

はきはきと受《う》けこたえをするその男の子のうしろから、いっしょにいた別《べつ》の男の子が、すっと進みでてきた。

「あの」

まっ黒な前髪《まえがみ》を、まゆがかくれるほど長くのばしている。頭のよさそうな顔つきだ。おとなであるオサムをこわがっている様子《ようす》もない。

「知らないおとなから話しかけられたら、名前とつとめ先をちゃんときくようにいわれています」

「あ、そうか。えっと、ぼくは羽田《はだ》オサムといいます。ここから歩いてすぐのところにある、宇宙工学関連《うちゅうこうがくかんれん》の研究所《けんきゅうじょ》につとめて——ます」

本当《ほんとう》はもう、『つとめてました』といわなければいけないのだけど、警戒《けいかい》されないために、うそをついた。

「はいはいはい！　つぎ、オレ。切《き》り通《どお》し小学校五年生の小泉今日太《こいずみきょうた》です！」

オサムが最初《さいしょ》に声をかけた男の子が、右手をいきおいよくあげながら、自己紹介《じこしょうかい》をしてきた。

「ぼくは、二ノ丸《にのまる》といいます」

男の子ふたりの自己紹介《じこしょうかい》につづいて、いっしょにいた女の子が、「わたしは――」といいかけたところで、二ノ丸《にのまる》と名のった男の子のほうが、「きみはやめておいたほうがいい」とそれをとめた。

「きみくらいの年齢《ねんれい》の女の子に特別《とくべつ》な感情《かんじょう》をいだく成人男性《せいじんだんせい》も世《よ》のなかにはいるようだから。個人情報《こじんじょうほう》は、むやみに明《あ》かすべきじゃない」

もっともだ、とオサムは思い、こくこくとうなずいた。

「ぼくにそういう傾向《けいこう》はないけれど、彼《かれ》のいうことは正しい。きみは、名字《みょうじ》のイニシャルだけ教えてくれればいいんじゃないかな」

レトロなワンピースを着たその女の子は、「Wです」とだけいった。

「じゃあ、平等《びょうどう》に、みんな名字のイニシャルで呼《よ》ぶことにしよう。きみはKくん。きみはNくん。きみはWさんだね」

オサムは、Kこと小泉今日太《こいずみきょうた》のほうに顔を向けなおした。

「Kくん、きみはさっき、まぼろしの回っていわなかった？」

「いいました！」

「それってもしかして、都市伝説《としでんせつ》の話？」

「あ、はい。そうです」

「けっこうむかしからある都市伝説だと思うんだけど、いまでもはやってるんだね」

Kは、はて、というように首をかしげている。

「オレはたったいま、二ノ丸《にのまる》くんと若菊《わかぎく》さんが話してるのをきいて知ったばっかりですけど。どうなの？　二ノ丸くん」

Kは、せっかくふせたWの名字《みょうじ》を口にしてしまっていたが、ほかのふたりはそれをとがめたりはしなかった。この人は悪《わる》いおとなじゃなさそうだ、と判断《はんだん》してくれたということなのかもしれない。

Nこと二ノ丸くんは、Kの代《か》わりに、オサムの質問《しつもん》に答えてくれた。

「はやってはいないと思います。むかし、そんな都市伝説があったなあ、くらいじゃないでしょうか」

「それって、こんな話？」

オサムは、自分《じぶん》がKやN、Wたちと同じ年ごろだったころにはやっていた都市伝説を話してきかせた。

シンから、その都市伝説《としでんせつ》の話をきかされたときのことを思いだしながら。

『オサムさ、《まぼろしのプラネタリウム》って都市伝説、知ってる？』

『知らない、なにそれ』

『古くからあるプラネタリウムには、番組表《ばんぐみひょう》にのってない、まぼろしの回っていうのがあるんだって』

『まぼろしの回？』

『関係者《かんけいしゃ》もだれも知らない、作った人が存在《そんざい》しない回。番組表にものってないから、いつ上映《じょうえい》されるかもわからないらしいよ』

『いつやってるのかわからないんじゃ、見れないじゃん』

『それがさ、ある条件《じょうけん》がそろったら、見れるらしいんだよ』

『ある条件って？』

『おとなひとり、子ども三人の組《く》みあわせで、まずふつうの回を見るんだって。そのあと、そのなかのひとりだけが席《せき》にすわったままでいると、まぼろしの回が勝手《かって》に上映《じょうえい》されるっていわれてるらしい』

まじめな顔で話すシンが、ひどく子どもっぽく思えた。そのころのオサムは、塾《じゅく》で一番どころか、全国模試《ぜんこくもし》でも決まって三位以内《いいない》には入るくらいの成績《せいせき》だったから、あまりにも荒唐無稽《こうとうむけい》な都市伝説《としでんせつ》を、シンといっしょにおもしろがることはできなかったのだ。

『でさ、見るとどうなると思う？　まぼろしの回を見おわると同時《どうじ》に、ホンモノの宇宙《うちゅう》にいっちゃうらしい』

『は？　どうやって？』

『すわってると、いつのまにかいっちゃうんじゃない？』

『いけるわけないじゃん』

『それが、いけちゃうんだって』

『そんなんで宇宙にいけるんだったら、いまごろ世界中《せかいじゅう》の航空宇宙開発機関《こうくううちゅうかいはつきかん》で、その《まぼろしのプラネタリウム》の研究合戦《けんきゅうかっせん》になってるよ』

『おとなは本気にしないじゃん、都市伝説なんか。ホンモノかどうかたしかめもしないで、はなからニセモノだって決めつけるのがおとなだろ？』

『たしかめなくたってわかることだってある。それはさすがにガセだよ』

『たしかめてもいないのに、ガセだっていいきるのはおかしくない？』

『なんでだよ、シンは元宇宙飛行士《もとうちゅうひこうし》の孫《まご》だろ？　恥《は》ずかしくないのか？　歴史《れきし》ある宇宙《うちゅう》開発《かいはつ》をばかにするような都市伝説《としでんせつ》を信《しん》じたりして』

『本気で信じてるわけじゃないけど、じいちゃんが元宇宙飛行士なことと、オレが《まぼろしのプラネタリウム》をおもしろがることは、なんの関係《かんけい》もないことだろ？』

『あるよ！　おまえのいまの発言《はつげん》は、すべての宇宙飛行士に対《たい》する侮辱《ぶじょく》だ！』

どうしてあのとき、あんなに激《はげ》しくシンをののしってしまったのか。

十数年がたったいまでも、さっぱりわからない。

もしかすると、同じ受験組《じゅけんぐみ》なのに、どこかのんびりしていたシンに、わけもなくいらだっていただけなのかもしれない。

とにかく、そのいいあいがきっかけで、オサムとシンは、まったく口をきかなくなってしまった。

シンがいま、どこでなにをしているのかも知らない。

「えーっ、じゃあ、つぎの回を見るのが、おじさ——じゃなくって、羽田《はだ》さんとオレたちだけだったら、《まぼろしのプラネタリウム》がホンモノかどうか、試《ため》せちゃうんじゃん！」

Kが、いきなり大きな声を出したので、オサムは、びくっとなった。

頭のなかに呼《よ》びもどしていた、小学五年生のころのままのシンの顔が、急に晴《は》れた霧《きり》のように消えてしまう。

「あー……そうか、ぼくひとりと、きみたち三人なら、おとながひとりと、子どもが三人か。条件《じょうけん》がそろうね」

Kはいま、自分《じぶん》のことをおじさんといいかけなかったか？　と思いながらもオサムがそういうと、NとWが、まったく同時《どうじ》に、こく、とうなずいた。

ふたりはなんとなく、雰囲気《ふんいき》が似《に》ている。そうしてならんでいると、まるで神社《じんじゃ》の境内《けいだい》にいる、狛犬《こまいぬ》の《阿形《あぎょう》》と《吽形《うんぎょう》》のようだった。

あうんの呼吸《こきゅう》の語源《ごげん》でもある、《阿形》と《吽形》は、一対《いっつい》の像《ぞう》だ。はじまりと終《お》わりを意味するらしい。

「ただ、いくらすいているとはいえ、ぼくたちだけがつぎの上映《じょうえい》を見ることになるとは思えませんね」

Nは、おちつきはらっている。

「いまも展示《てんじ》ホール内《ない》に、何人《なんにん》かお客さんがいるものね」

そういいたしたWもまた、小学五年生とは思えない、おとなびた話し方をする。

Kだけが、年相応《としそうおう》のおちつきのなさと自由奔放《じゆうほんぽう》さで、のびのびと自分のいいたいことをいい、したいことをしている印象だった。

「そろそろ時間でしょ。とりあえず、プラネタリウム見にいこうよ、羽田《はだ》さんもいっしょにさ！」

そのKに、腕《うで》を引かれた。

オサムもいっしょにつぎのプログラムを見ると信《しん》じてうたがわないようだ。

ここにきた目的《もくてき》は、最後《さいご》の思い出作りだったので、プラネタリウムは見て帰るつもりではいたけれど——。

「ほら、二ノ丸《にのまる》くんと若菊《わかぎく》さんも。早く早く」

Kを先頭《せんとう》に、オサムたちはぞろぞろと、展示《てんじ》ホールをあとにした。

ゆったりとした、ソファのようなすわり心地《ごこち》のシートに腰《こし》をおろす。

オサムの左どなりにはKが、右どなりにはN、NのとなりにはWがすわった。

いまのところ、客はこの四人だけだ。

まだ少し、上映《じょうえい》まで時間がある。そのうちぱらぱらと集まってくるだろう。

オサムは、入場券《にゅうじょうけん》の半券《はんけん》といっしょにもらったチラシに目をやった。

これから見る番組――プラネタリウムで投影《とうえい》されるプログラムは、番組と呼《よ》ばれている――は、期間限定《きかんげんてい》の特別《とくべつ》な内容《ないよう》らしい。

【わたしがはじめて、プラネタリウムというものに強く関心《かんしん》をいだくようになったのは、小学生のころにはやっていた、とある都市伝説《としでんせつ》がきっかけなんです】

若《わか》い男の顔写真《かおじゃしん》の横にそえられた文章《ぶんしょう》を、なんの気《き》なしに読みはじめたオサムは、心《しん》臓《ぞう》が飛《と》びだしてくるんじゃないかと思うほど、どきっとなった。

シンだ！

すぐに、わかった。

顔写真を、あらためてよく見てみる。わずかながらではあるものの、面影《おもかげ》があった。細いあごや、広いひたいは、当時《とうじ》のままだ。

【……その都市伝説《としでんせつ》をかたくなに信《しん》じようとしなかった友人は、おそらくいまごろは、ホンモノの宇宙《うちゅう》にいくため、がんばっていることと思います。いつか彼《かれ》が旅立っていく宇宙を、わたしも地上《ちじょう》からいっしょにながめたい。そんな思いが、わたしをプラネタリウムの番組製作《ばんぐみせいさく》の道へとみちびいたのかもしれません】

プラネタリウム番組製作者・田中シン。

最新《さいしん》の宇宙に関《かん》する情報《じょうほう》をもりこみつつ、ストーリー性《せい》の高い芸術的《げいじゅつてき》なプラネタリウムの番組を製作《せいさく》し、一躍《いちやく》、〈時《とき》の人〉となった人物《じんぶつ》として紹介《しょうかい》されていた。

ぼうっとなった頭のまま、おとなになったシンを見つめる。

わすれないでいてくれたのか。

こんなオレのことを――。

オサムの目からは、いつしか涙《なみだ》があふれだしていた。

となりの席《せき》のKに見られたら、「あれっ、羽田《はだ》さん、どうしたの？　なに泣《な》いてるの？」とからかわれるにちがいない。

そう思うのに、涙はとまらなかった。

Kは、オサムが泣いていることに気がついていたように思う。それでも、いつまでたってもKは、からかってはこなかった。

Kなら絶対《ぜったい》に、おもしろがってなにかいってくるはずだ、というのは、自分《じぶん》の勝手《かって》な思いこみだったのかもしれない。そう気づいたとき、自分がどれだけ、頭のかたい人間《にんげん》だったかを、オサムは思いしった。

好《す》き放題《ほうだい》しているように見えるからといって、人への思いやりがないとはかぎらない。

Ｋは、泣《な》いている人間《にんげん》をからかうような子ではなかったのだ。

希望《きぼう》していた進路《しんろ》に進めなかったくらいで無気力《むきりょく》になり、結果的《けっかてき》に夢《ゆめ》をあきらめることになったのも、自分の思いこみだけで、Ｋはこういう子にちがいない、と決めつけてしまう、この頭のかたさのせいだったような気がする。

ああ、そうか。

自分という人間は、成績《せいせき》をよくすることだけに夢中《むちゅう》で、それ以外《いがい》のことはなにもしないまま、おとなになってしまったんだなあ……。

無性《むしょう》に、シンに会いたくなっていた。

会って、あの日のことをあやまりたい。

宇宙《うちゅう》にいけるかもしれない、というあの夢のある都市伝説《としでんせつ》を、シンはきっと、宇宙好《うちゅうず》きな自分といっしょに、ただおもしろがりたかっただけなのだろう。

まさか、あんなふうにおじいちゃんのことまで持ちだされて、ひどい言葉でののしられるなんて思いもしないで。

「あ、はじまるよ！」

となりのKが、少しだけひそめた声で教えてくれた。

オサムは、うす暗《ぐら》くなりはじめた場内《じょうない》を、ぐるりと見まわしてみた。思わず、ぎくっとなる。自分《じぶん》たち以外《いがい》の客がいなかったからだ。

「とりあえず、この回はふつうに見てみましょう」

Kとは反対《はんたい》のとなりにすわっているNが、やはり、少しひそめた声でいった。

「そ、そうだね……」

オサムは、子どもたちがこんなに冷静《れいせい》なのに、おとなの自分《じぶん》がとり乱《みだ》してどうするんだ、と思った。

そう思う一方で、たかが都市伝説《としでんせつ》に本気でどぎまぎしている自分が、ちょっとうれしくもなる。小学五年生だったころの自分にも、この気持ちがあったらよかった。いくら望《のぞ》んでも、時間はもどらない。

場内が、完全《かんぜん》な闇《やみ》のなかにしずんだ。

しばらくして、『わたしたちがまだ知らない宇宙《うちゅう》のお話』というタイトルが、見あげたドーム状《じょう》の天井《てんじょう》いっぱいに映《うつ》しだされる。

シンの作った番組が、はじまった。

オサムがおさないころから憧《あこが》れつづけてきた宇宙《うちゅう》への旅に、日本最大級《にほんさいだいきゅう》の投影機《とうえいき》が映しだす映像《えいぞう》によっていざなわれる。子どものころに見たものとはくらべものにならないくらい、頭上《ずじょう》に広がるドーム状《じょう》の宇宙は鮮明《せんめい》だった。太陽系《たいようけい》をはなれ、何十万光年《こうねん》というはるかなる世界《せかい》にまで旅が進むと、もはや、シートにすわっている、という感覚《かんかく》すらなくなっていく。

とまっていたはずの涙《なみだ》が、ふたたびオサムのほおをぬらしはじめた。

オレはいま、本当《ほんとう》に宇宙にいるんじゃないだろうか……。

旅が終《お》わり、地上《ちじょう》にもどってきたところで、地球《ちきゅう》から見ることのできる素晴《すば》らしい夜空を最後《さいご》にながめて、番組は終了《しゅうりょう》した。

「すっげーおもしろかった！　太陽系からいっきにはなれるときなんか、体が、ぶわーっとつれてかれるみたいになって、ひょーっていいそうになっちゃったよ」

場内《じょうない》が明るくなるやいなや、Ｋが興奮《こうふん》した様子《ようす》で感想《かんそう》をまくしたててきた。

「うん、あそこはたしかに鳥肌《とりはだ》が立ちそうになったね」

つられてオサムも、素直《すなお》な感想を口にしてしまう。Kは、「ねーっ、なったよね、あそこ！」とまるで友だちを相手《あいて》に話しているように、オサムの顔をのぞきこんできた。

その顔に、シンの顔がかさなる。

「小泉《こいずみ》くん」

Nが、Kを呼《よ》んだ。

「扉《とびら》があいたよ。いこう」

うながされるまま、Kは席《せき》を立った。

「あれ？　羽田《はだ》さんは？　いかないの？」

オサムは、シートに背中《せなか》をあずけたままでいた。

「うん、もう少し余韻《よいん》にひたっていたいんだ」

「でも、このままひとりで残《のこ》っちゃうと、まぼろしの回がはじまっちゃうかもよ。もし、《まぼろしのプラネタリウム》がホンモノだったらだけど」

「ははっ、ホンモノだったらいいけどね」

いっそ、ホンモノであってほしい、と思った。

このまま宇宙《うちゅう》にいけるのなら、そんなしあわせなことはないように思えた。

まさか、そんなことなどあるわけがない、とわかってはいても。

「ぼくはもう少し、ここにいる。きみたちは、お先にどうぞ」

オサムはそういうと、シートから少し背中《せなか》を浮《う》かしてから、Kたちに向かって小さく手をふった。

「そ？　じゃあ、先におみやげコーナーにいってるから、羽田《はだ》さんもあとできて」

Kだけが、手をふりかえしてくる。

NとWは、少しばかり浮かない顔をしていた。もしかして、《まぼろしのプラネタリウム》がホンモノだったら、と心配《しんぱい》しているのだろうか。

おとなびた子たちだと思っていたのに、意外《いがい》と子どもっぽいんだな、とほほえましくなった。

「だいじょうぶ、心配ないよ」

オサムがそういうと、なぜだかNは、わざわざ耳もとに顔を近づけてから、ひそめた声でささやいてきた。

「ぼくはまだ、この都市伝説《としでんせつ》に関《かん》しては調査中《ちょうさちゅう》なんです。黒丸《くろまる》か白丸《しろまる》か、判断《はんだん》することができていません」

黒丸か白丸か？

いったいなんのことだ？　とひそかにまゆをひそめたオサムに、Nはさらに声をおさえていった。

「黒丸はホンモノ、白丸はニセモノという意味《いみ》です。もし、《まぼろしのプラネタリウム》が黒丸だとしたら、あなたはこのままここに残《のこ》ってはいけない」

「……宇宙《うちゅう》にいってしまうから？」

「そうです」

オサムは、ふきだしそうになるのを必死《ひっし》にこらえた。Nがあまりにも真剣《しんけん》だったからだ。同時《どうじ》に、とてもかわいらしく思えた。おとなぶっていても、都市伝説にホンモノとニセモノがあるだなんて、本気で信《しん》じてしまっているんだな、と。

「Nくん」

「はい？」

「いいんだ、ぼくは」

「なにがです？」

「たとえ本当《ほんとう》に、黒丸《くろまる》だったとしても」

「……なぜですか？」

オサムはなにも答えず、ただ、にっこりと笑《わら》いかえした。

Nはまだ納得《なっとく》していない顔をしていたけれど、今度《こんど》はKが、Nを呼《よ》んだ。

「二ノ丸《にのまる》くーん、若菊《わかぎく》さーん、まだいかないのー？　オレ、先にいっちゃうよー」

Wが、Nのシャツのそで口を、きゅっとひっぱった。

あきらめたように、Nがつま先の向きを変《か》える。

オサムは、浮《う》かしていた背中《せなか》を、ふたたびシートの背もたれにもどした。

扉《とびら》がしまる音をきく。

やがて、ゆっくりと場内《じょうない》がうす暗《ぐら》くなりはじめた。

オサムはただひとり、闇《やみ》のなかへともどっていった。

○●○

若菊《わかぎく》さんが、「おそいね、二ノ丸《にのまる》くん」といったので、今日太《きょうた》は、手にしていた星座《せいざ》柄《がら》のうちわから、はっと顔をあげた。

そういえば、トイレにいくといっておみやげコーナーを出ていってから、ずいぶんとたっているような気がする。

「羽田《はだ》さんのこと、むかえにいったのかも。オレ、ちょっと見てくるね」

「だったら、わたしも」

今日太と若菊さんは、つれだってプラネタリウムの入場口《にゅうじょうぐち》があるホールまでもどった。

「あ、いたいた」

二ノ丸くんが、ちょうど扉《とびら》をあけて出てくるところだった。

「羽田さんは？」

二ノ丸くんは、今日太たちのほうに歩みよってきながら、「いなかった」と答えた。

「えっ？　まさか、ホントに宇宙《うちゅう》いっちゃった？」

今日太《きょうた》がおおげさにおどろいてみせると、二ノ丸《にのまる》くんは、いたずらに失敗《しっぱい》した猫《ねこ》を見て笑《わら》うような顔をした。

「そんなこと、あるわけないだろ。まっすぐ帰ったんじゃない？」

「えーっ、おみやげコーナーで待《ま》ってるっていったのにぃ？」

さよならもいわずにいってしまうような人には見えなかったのにな、と思いながら、今日太は、二ノ丸くんが出てきたばかりの扉《とびら》を見た。

もしものもしも、と考える。

もしものもしも、《まぼろしのプラネタリウム》がホンモノで、羽田《はだ》さんが宇宙にいっちゃったんだとしても、なぜだかそれは、あんまり悲《かな》しいことじゃないような気がした。

どうしてそう思うのか、今日太にもよくわからない。

羽田さんは、いっしょに見たあの番組のことがすごく好《す》きみたいだった。チラシを読みながら、泣《な》いていたくらいだから。

きっと、宇宙が大好《だいす》きな人なんだと思う。

だから、もしものもしも、宇宙《うちゅう》にいっちゃってたとしても、自分《じぶん》のように、ぞーっとなったりはしないいんじゃないのかな、と思うのだ。

楽しそうに、ピースサインをしているかもしれない。

宇宙のまんなかに、ぷかりと浮《う》かびながら。


「じゃあ、わたしのうちはこっちだから」

若菊《わかぎく》さんとは、〈みんなのプラネタリウム館〉の正面口前《しょうめんぐちまえ》のスクランブル交差点《こうさてん》でわかれることになった。

「本当《ほんとう》に、送っていかなくていいの？　けっこうもう暗いけど」

二ノ丸《にのまる》くんがそういうと、若菊さんは、ふるふると小さく首を横にふった。

「歩いて五分もかからないから」

今日太《きょうた》と二ノ丸くんが乗るバスは、交差点をわたった向こう側《がわ》にあるバス停《てい》から出ているらしい。若菊さんが教えてくれた。

「小泉《こいずみ》くん」

わかれぎわ、若菊《わかぎく》さんが今日太《きょうた》の顔をじっと見つめながら、つい最近《さいきん》、ほかのだれかにもいわれたことがあるような気がすることをいってきた。

「二ノ丸《にのまる》くんにも、あなたみたいな友だちがいたのね。ちょっとびっくりしちゃった」

「うーん、なんか同じようなこと、ちょっと前にもいわれたような……」

そうなの？　といいながら、若菊さんは、くすくすと笑《わら》っている。

「でもさ、わかるでしょ？　若菊さんも。二ノ丸くんといっしょにいたくなっちゃう気持ち」

若菊さんは笑うのをやめて、目をまん丸《まる》にしている。

「あれ？　わかんない？」

今日太がくりかえし同意《どうい》をもとめると、若菊さんはなぜだか、二ノ丸くんに向かっていった。

「いつもこんな調子《ちょうし》？」

二ノ丸くんが、こっくりとうなずく。

「……あなたのこまってる顔が想像《そうぞう》できる」

若菊《わかぎく》さんは、声をあげて笑《わら》った。楽しそうだ。そして、若菊さんも二ノ丸《にのまる》くんのことが好《す》きみたいなので、今日太《きょうた》はつい、うんうん、とうなずいてしまう。

二ノ丸くんを好きな人に悪《わる》い人はいない。よって、若菊さんもいい人だ。

「あっ、あれ！　オレたちが乗るバスじゃない？　二ノ丸くん！」

「えっ？　ああ、そうだ。あれは、切通町《きりどおしちょう》のほうにいくバスだね」

「いまなら信号《しんごう》、まにあいそうだよ！　いこ！　じゃあ、またね、若菊さん！」

今日太は、さっさと走りだしてしまった。二ノ丸くんも、すぐあとをついてきているようだ。

「ふー、まにあったー」

ぎりぎり乗りこむことができたバスは、くるときと同じくらい、がら空《あ》きだった。というより、今日太と二ノ丸くんしか、乗客《じょうきゃく》がいない。

いちばんうしろのシートに、二ノ丸くんとならんですわった。すぐに、バスが動きだす。さっき出てきたばかりの〈みんなのプラネタリウム館〉が、窓《まど》の向こうに見えていた。

若菊《わかぎく》さんのすがたは、もうない。

あっという間に、〈みんなのプラネタリウム館〉は見えなくなった。それでも二ノ丸《にのまる》くんは、窓《まど》のほうに顔を向けたままだ。

「プラネタリウム、また見にこよう」

今日太《きょうた》がそういうと、二ノ丸くんはめずらしく素直《すなお》に、うん、とうなずいた。

全開《ぜんかい》にしたバスの窓からは、からりとかわいた風が吹《ふ》きこんできている。

二ノ丸くんは、ときどきちょっとセンチメンタルになるときがある。

ちょうどいま窓の向こうに見えている、夕暮《ゆうぐ》れどきのピンクとオレンジがまざった空のようになってしまうときが。

そんなときは、今日太はだまってただとなりにいることにしている。

そのうちすぐに、いつもの二ノ丸くんにもどって、どうしてそんなことで怒《おこ》りだすんだろう？　とか、なにがそんなにおかしかったのかな、と首をかしげることになるに決まっているのだから。

どんなときでも、今日太は二ノ丸くんの友だちだ。

いつもの二ノ丸《にのまる》くんじゃないっぽいときでも。
だから、どんなときでもいっしょにいる。
だって、それが友だちでしょ？
今日太《きょうた》はそう思っている。

作　石川宏千花
（いしかわひろちか）
女子美術大学芸術学部卒業。『ユリエルとグレン』で講談社児童文学新人賞佳作を受賞。作品に『二ノ丸くんが調査中』『墓守りのレオ』『密話』「お面屋たまよし」シリーズ、「死神うどんカフェ１号店」シリーズ、「少年Ｎ」シリーズなどがある。

絵　うぐいす祥子
（うぐいすさちこ）
漫画家。2003年にデビュー。作品に『闇夜に遊ぶな子供たち』『フロイトシュテインの双子』、ひよどり祥子名義の作品に『死人の声をきくがよい』などがある。

偕成社
ノベルフリーク

二ノ丸くんが調査中
黒目だけの子ども

2018年2月　初版第1刷

作者＝石川宏千花
画家＝うぐいす祥子

発行者＝今村正樹
発行所＝株式会社 偕成社
http://www.kaiseisha.co.jp/
〒162-8450 東京都新宿区市谷砂土原町 3-5
TEL 03(3260)3221（販売）　03(3260)3229（編集）
印刷所＝中央精版印刷株式会社
　　　　小宮山印刷株式会社
製本所＝株式会社常川製本
NDC913 偕成社 188P. 19cm ISBN978-4-03-649060-8

本のご注文は電話、ファックス、またはEメールでお受けしています。
Tel: 03-3260-3221　Fax: 03-3260-3222　e-mail: sales @ kaiseisha.co.jp
乱丁本・落丁本はお取りかえいたします。

てがるに　ほんかく読書

ノベルフリーク F

## ［偕成社 ノベルフリーク］

### 二ノ丸くんが調査中

石川宏千花 作　うぐいす祥子 絵

今日太のちょっと変わったクラスメイト・二ノ丸くんは、不思議でこわい都市伝説を調べている。「記憶をなくせるトンネル」「生きかえり専用ポスト」「アンジェリカさん」「黒い制服の男たち」の四話からなるシリーズ第一弾。

てがるに　ほんかく読書

ノベルフリーク F

［偕成社 ノベルフリーク］

**まっしょうめん！**

あさだりん 作　新井陽次郎 絵

海外赴任中の父の頼みで、剣道を習うことになった成美。こんなわたしが、サムライ・ガール？ さわやか剣道小説。

**青《ハル》がやってきた**

まはら三桃 作　田中寛崇 絵

青とかいて「ハル」と読む、転校生はサーカスとともにやってくる！ 日本各地が舞台の「ご当地」連作短編集。